長崎・オランダ坂の洋館カフェ

シュガーロードと秘密の本

江本マシメサ

宝島社
文庫

宝島社

長崎・オランダ坂の洋館カフェ

Nagasaki, Orandazaka no yookan cafe

シュガーロードと秘密の本

contents

始まりの五三焼

——それは、雨降る夜のひと騒動だった。

「え、嘘、やだやだ！」

鞄から折りたたみ傘を掴《つか》もうとしたのに、出てきたのは練り香水の丸い缶ケース。しかも、私の手をすり抜けて、地面へと転がっていく。

普通の地面ならばよかった。少しだけコロコロと転がる程度だっただろう。しかしここは坂の街、長崎の——『オランダ坂』だった。

「ちょっ、ええー!!」

そんなことを叫びつつ、あとを追う。傘をさしている暇なんてない。とりあえずパーカーのフードを被《かぶ》って走る。

オランダ坂とは長崎市の東山手にある石畳の坂道のこと。ここはその昔、異国人居留地だった場所で、そこを通る異国人のことを地元民は「オランダさん」と気さくに呼んでいた。そのオランダさんがたくさん通るのでオランダ坂と名付けられたらしい。

ちなみに、坂の傾斜は約二十度。落ちた練り香水は、勢いよく転がっていく。あれは友達から誕生日プレゼントとして貰ったもので、気に入っていたのだ。絶対に、逃がすわけにはいかない。

「いやーー、待って、待って！」

練り香水の容器は一度石畳を跳ね、くるっと方向転換。細い小道に入り、階段をコロコロと転がっていく。運が悪いことに、雨はさらに勢いを増す。

カツンと音が聞こえた。そこで止まって！と祈りつつスマホの懐中電灯アプリで周囲を照らす。すると、レンガ壁と石畳の間に挟まった練り香水を発見することができた。手に取って確認する。大きな傷などない。ホッと安堵《あんど》の息を吐《つ》いたけれど——我に返ると、周囲の景色が見慣れないことに気付く。練り香水を追ううちに、普段通らない道に迷い込んでしまったようだ。

幸い、すぐ近くに灯りが点《つ》いた建物が見える。道を聞こうと、早足で向かった。

そこは二階建ての洋館で、青い屋根に白い壁という佇《たたず》まい。門には、「営業中」の木札がかかっていた。どうやらお店のようだ。

しかし、門の前でぎょっとする。

雨に濡れる洋館は、うっすら霧がかかっていた。灯りが点《とも》されているのは一階部分だけで、二階は真っ暗。西洋のお化け屋敷のような怪しい雰囲気が漂っている。

ちょっと怖いので、止《や》めとく？　でもでも、ここ以外、周囲に店などないし……。

なぜこんなことにと、落ち込んだ。すべては私のドジが原因なのだけど。


『オランダ坂』があるのは長崎市の『重要伝統的建築物群保存地区』に選定されているエリアで、鎖国時代、外国人居留地になっていた場所だ。各国の領事館などの当時の洋風建築物が現代にも残っており、異国情緒溢《あふ》れる街並みが訪れる人を楽しませてくれる。

坂の上から見える山には、家がずらりと並んでいる。長崎は盆地で、ああやって山の斜面を削って家を建てなければ土地がなかったらしい。なので、長崎市は坂の多い街といわれている。

目の前に広がる海。道路には、一両編成の路面電車が走っていた。長崎市は栄えた街だけれど、一歩路地裏に入ると、古い街並みがあらわれる。最初に訪れた際は、異世界に迷い込んだ気分になった。

歴史と文化がぎゅぎゅっと濃縮された長崎の街が、私は好きなのだ。

そんな、長崎を象徴するようなオランダ坂に、私――日高乙女《ひだかおとめ》の通う大学がある。

路面電車の駅から徒歩七分と聞こえはいいけれど、実際は心臓破りの急角度な坂をゼェハァと息を切らしながら上らないといけないのだ。

坂を上った先にあるのは、キリスト教宣教師が創立した女子大。

「女子に最高水準の教育を」をモットーに厳しい規律の中で学業に励《はげ》んでいる。その昔はズボンを穿《は》いて登校するのも、男女交際も禁止だったらしい。厳しい決まりは薄れているけれど、今でも特別な場合を除いて男性は校内進入禁止になっているし、寮の門限も十時半ときっちり決まっている。要はお嬢様校だ。

幸い、私は両親が長崎駅の近くのマンションを用意してくれたので、悠々自適《ゆうゆうじてき》な生活を営んでいた。ただ、毎朝オランダ坂を上るときには、寮の子のスクールバスが羨《うらや》ましく思ってしまう。寮生の友達からすれば、贅沢《ぜいたく》な話みたいだけど。

今日はバイトの面接の日だった。

でも指定された時間に担当者がおらず、「電話で時間変更の連絡をしたんですけどね」と言われたその時、スマホを学校に忘れたことに気付く。担当が帰って来るのを待って面接をしたが、連絡がつかなかったことを理由にその場で不採用となった。履歴書も突き返されてしまう。そんなことがあったものだから、余計にこの坂を上るのも辛かった。

ようやく学校に辿《たど》りつき、事務所の人に事情を説明してスマホを取りに行く。着信が十件も入っていた。すべて面接を受けた会社からだった。

憂鬱《ゆううつ》な気分がため息となる。

外に出ると、しとしとと雨が降り始めていた。霧雨で傘をさしてもささなくてもいい感じの、微妙な雨模様。まだ大丈夫かと、傘をささずに進む。

この雨は、今の心境を示しているのかもしれない。モヤモヤする空模様だ。

私の失敗が原因だけど、初めてのバイト面接で不採用になったのはなかなか堪《こた》えた。自分勝手だと思うけれど、すべてを否定されたような、しょんぼりな気分。

トボトボとした足取りで、街灯に照らされた石畳の坂を下った。硬い石の通りは地味に膝《ひざ》に響く。大学に入って半月、上り下りを繰り返しても、学校の門に辿り着くころには足がガクガクになってしまうのだ。夜の雨の中、滑《すべ》りやすく、膝にくる石畳の坂を下るのは苦行ともいえる。

時刻は二十時ちょっと前。

夕食を食べなければならない。でも、なんだか食欲がない。普段だったらあまり気にしないタイプだけれど、さっきの面接のこともあって、繊細《せんさい》になっているようだ。加えて、なんだか胃が重い。コンビニでおにぎりでも買って詰め込むしかないかと考えていると、またため息が出てしまう。

最悪なことは重なるもので、暗い中雨足はどんどん強くなり、鞄から折りたたみ傘を出そうとしたら、想定外の事態になってしまった。

練り香水の缶を追い駆けて迷子になる――雨の夜。

「どうしよう……」

とりあえず、傘をさした。びしょ濡れなので、いまさらだけど。濡れて張り付いていたフードは気持ち悪いので外した。

目の前には、怪しい洋館。私はありったけの勇気を出して、一歩前に踏み出す。

――『Café　小夜《さよ》時雨《しぐれ》』

扉の持ち手には「営業中」と、達筆な文字で書かれた木札がかかっていた。喫茶店のようなので、ひとまずホッとする。道を聞くついでにこの店で雨宿りをすることにしよう。

入り口で折りたたみ傘を畳み、袋に入れて鞄にしまう。濡れたパーカーも脱いで簡単に畳んだ。扉を開くとカランカランと、扉に付けてある鈴の音が鳴る。

玄関から廊下にかけて、赤い絨毯《じゅうたん》が敷いてあった。天井にはシャンデリアが吊され、キラキラと輝いている。左右の壁側には長椅子があり、寛《くつろ》げるスペースとなっていた。内装を観察しながら店員さんが来るのを待っていたけれど、いっこうに姿を現さない。勝手に入るのも憚《はばか》られるような雰囲気なので、念のため声をかけてみる。

「……ごめんくださーい」

返事はない。もう二回ほど声をかけたら、奥から足音が聞こえた。

出て来たのは背が高くて、神経質そうだけど整った顔の男性だった。年頃は二十代後半くらい。黒シャツに黒いズボン姿、エプロンなどはしていないので、店員さんではないのか？　それにしてもこう、黒髪の似合うイケメンだなとー思っていたら、ジロリと睨《にら》まれて、少しだけびっくりする。

失礼かもしれないけれど、接客業を営んでいる人の目付きではない。戸惑いの視線を向けていると、すっと目が細められる。心の中を読まれているようで、ドキリと胸が高鳴った。まったく歓迎されていない気がして、「営業していますよね？」と聞いてしまう。男の人はコクリと頷《うなず》いた。

見つめ合ったまま、沈黙。店内への案内もしてくれないようだ。

「……なんばしよっと？」

「は、はい？」

話しかけられたけれど、独特な発音かつ低い声だったので聞き取れなかった。視線を泳がせ、どうしようかと迷っているうちに、男の人の眉間《みけん》にぐっと皺《しわ》が寄っていた。

「あ、あのー」

「もしかして、この辺の生まれじゃない？」

東京出身なので、コクコクと頷いておく。店員さん？は「いらっしゃいませ」とも言わないまま踵《きびす》を返した。ついて来いということなのか。

これは大変なお店に来てしまったかも？　などと若干《じゃっかん》の後悔を覚えつつ、私はあとに続いた。まっすぐに伸びた廊下を進むと、三十畳くらいの部屋に行きつく。真珠のような白い壁に、チョコレート色の床。丸いマホガニーっぽいテーブルが三つほどある。アンティークみたいな格子《こうし》窓からは、庭が見渡せるようになっていた。あいにくの夜で、風景を眺めることはできないけれど。

ふと、ガラスに自分の姿が映っていることに気付く。肩までの黒い髪に特徴のない平凡な目、鼻は低くて地味な顔立ち。都会育ちとはとても思えないと友達に言われているあか抜けない姿――おっと今は自《みずか》らの容姿に衝撃を覚えている場合じゃない。視線を部屋に戻す。

コーヒーを淹《い》れるカウンターなどはなく、周囲を見渡しても、お店に思えず。個人の家にお呼ばれしたようで、妙な緊張感を覚えてしまう。

ふと、白い壁に直《じか》にピンか何かで、紙が留められていることに気付いた。よく見るとそれは半紙で、達筆な筆文字が書かれていた。

『――本日の品目　五三焼《ごさんやき》、温かい酪漿《らくしょう》』

もしかして、あれがメニュー？　どちらとも聞いたことのないものだけど。

メニューを見ていたら、奥からカチャカチャという食器の鳴る音が聞こえてきた。先ほどの男の人――お兄さんが、ティーワゴンに何かを載せてやって来た模様。

注文しなくても、勝手に出てくるシステムのようだ。

目の前に並べられたのは、一切れのカステラとホットミルク。じっと眺めても、カステラとホットミルク以外のものには見えない。

「すみません、これってカステラですよね？」

「カステラではなく、五三焼」

「なんですか、その、五三焼って」

「カステラの逸品《いっぴん》をそう呼ぶ」

「へぇ」

特別なカステラってことかな？

もう一度、じっくり確認する。やっぱり、ごくごく普通のカステラとホットミルクにしか見えない。わざわざイチオシするようなものでもないよなと、首を傾《かし》げながらいただくことにする。

まず、カステラにフォークを滑らせた。黄色い生地《きじ》を口に含んで、ハッとなった。

自然と頬が緩む。

なぜかというと、今まで食べたどのカステラよりもおいしかったから。生地はきめ細やかで、ふんわりなめらかな舌触り。濃厚かつコクのある甘さで、一瞬のうちに口の中でほろりと溶けていく。それに、皮に混ざった中双糖《ザラメ》のザクザクな食感が楽しい。

そんな五三焼と、トローリまろやかで濃厚なホットミルクがまたよく合う。一緒に食べると香りや風味がいっそう際立つのだ。優しい甘さが沁《し》み入るよう。

続けてもう一口、五三焼を食べ、ホットミルクを飲む。まさに、至福の時間だった。

あっという間に一切れ食べきってしまう。

ホットミルクは、雨で冷えた体だけではなく、面接不採用でささくれた心も癒《い》やしてくれた。いつの間にか胃の痛みも、なくなっていたので驚く。

食べるのに夢中で気付かなかったけれど、お皿とカップもすごく素敵。珍しい赤タンポポの花？　だろうか。お皿と同じ柄で、赤と青の色合いがとても綺麗だ。

ふと我に返ると、店員のお兄さんがまだ傍《そば》にいたことに気付き、恥ずかしくなってしまった。うっとりしているところを見られていたなんて。

気まずい気分を誤魔化すために「おいしかったです」と感想を述べる。お兄さんは目を眇《すが》めるだけで、反応は返ってこなかった。

残りのミルクをちまちま飲んでいても、部屋から出て行く素振りを見せない。

ここはこういう店なのか。「沈黙は金、雄弁は銀」という言葉があるけれど、今日は銀を取ることにした。

「あのーこれ、どうして五三焼っていうのですか？」

「理由はいろいろある」

あ、しゃべった。スルーされるかと思ったのでびっくりしたけれど、そのまま素直に説明を聞く。

五三焼はまず、卵の配分が普通のカステラと違うらしい。卵黄が五、卵白が三。それが由来と主張する職人が多いとのこと。

「他に五味《ごみ》を凌駕《りょうが》する菓子だという意味もあり……」

「ご、ごみ？」

「甘味、酸味、塩味、苦味、うま味の五つ」

「ああ、五つの味ですか」

なるほど、五味を五三《ごさん》に読み替えて、五三焼だと。

「桐《きり》箱に詰めて贈ることと、家紋の『五三桐《ごさんのきり》』にちなんで付けられたものだともいわれている」

「なんと！」

桐の箱に入ったお菓子なんて、貰った側は嬉しいだろう。バイトが決まって初給料が入ったら、東京にいる両親にプレゼントしよう。

「そんな由来があったのですね。メモしてもいいですか？」

「勝手にすればいい」

記憶が曖昧にならないうちに、手帳に五三焼について書き込む。これで、両親にも語って聞かせることができるぞと、安心して手帳を閉じた。

そろそろお暇《いとま》しよう。鞄を手に取ると、中が大変な状態になっていた。

「う、うわ、最悪！」

中に入れていた本が濡れている。さっき傘とパーカーを雑に詰め込んでしまったからだ。自分のいい加減な性格を恨《うら》む。

「……それは？」

「大切な本なんです。やっぱりびっしょりか……」

この本は東雲洋子《しののめようこ》さんという作家の十年前のデビュー作。病院の献立《こんだて》を考える栄養士が主人公で、そこで働く同僚や、患者との交流を書いた心温まる一冊なのだ。

中でも、ペースト食しか食べられなかった患者さんが、食事がおいしいからと嚥下《えんか》能力を改善させ、刻み食を食べられるようになるエピソードに強く心を打たれた。

当時小学生だった私はこの物語を通じて、栄養士という職業を知り、将来、この主人公たちのような食と栄養のスペシャリストになるのだと、夢見たのだ。

生まれ育った東京から離れ、長崎の大学に決めたのは管理栄養士になれる学科があったからだ。加えて、長崎は祖母と母のふるさとで、かつ、通っていた母校だったという理由もある。

そんな将来の夢を抱く要因となった一冊なのに、びしょ濡れにしてしまったのだ。

五三焼とホットミルクで持ち直していた気持ちが急激に下がり、なんだか泣きたくなってきた。へこみながらもとりあえず本をハンカチで包む。お兄さんも布ナプキンを手渡してくれた。

「ありがとうございます」

頭を深く下げ、お礼を言う。

「ごちそうさまでした。おいくらですか？」

黙り込むお兄さん。腕を組み、眉間に皺を寄せている。

あのポーズは、もしや考える人？　なぜ、ここで悩むような仕草を見せるのか。

「えーっと、二千円くらいで足ります？」

超高級なお菓子なので、二千円程度じゃ足りないとか？　ご、五千円ぐらいとか？

だって、桐の箱に入ったお菓子だ。高いに決まっている。ワタワタしていたら、お兄さんはとんでもないことを言ってきた。

「今日はいい。代金は、考えておく」

「いや、そんなわけには――」

まさかの、値段は考えていなかったパターン？　ええ、嘘でしょう？　考えておくってなに？　信じられない。

財布を手に代金を払わせてくれと懇願《こんがん》しても、ただ「今日はいい」と言うばかり。

「では、いつが？」

質問にはだんまり。結局、お金を受け取ってくれなかったので、名前と連絡先、大学名を書いたメモを渡しておいた。

「日高、乙女……」

日高乙女。お父さんとお母さんが考えてくれた、ロマンチックでキラキラしている独特な名前だ。名前に負けないことが、私の人生における目標だと思っている。

店員のお兄さんはまじまじとメモを眺めていた。恥ずかしくなった私は、一礼をしたのちに店を出て行く。

外に出ると、いつの間にか雨は止んでいた。数歩歩き、お店を振り返る。

『Café　小夜時雨』

改めて見上げた洋館は、店内から漏れた灯りで温かな雰囲気に包まれていた。

迷い込んだ時に見た、雨に濡れる洋館はどこか怪しく感じたので、印象の違いに驚く。店内に入り、おいしいお菓子と飲み物をいただいたからだろうか？

不思議なお店だと思いつつ、それから数歩進んだところで、「にゃーお」と猫の鳴き声が聞こえて振り返る。白と薄茶のブチ猫が、暗闇にぼんやりと浮かんでいた。

「あ、猫ちゃん」

声をかけたら、逃げられてしまった。ぴょこんと伸びた尻尾の先が曲がっている可愛い猫だった。

ちょっとあとを追い駆けそうになったけれど、道に迷っていたことを思い出し、再びお店に戻った。お兄さんは相変わらず迷惑そうな顔をしながらも、駅までの道を丁《てい》寧《ねい》に教えてくれる。

不愛想だけど、優しい人みたいだった。

お兄さんに感謝しつつ、今度こそ本当に店をあとにする。一刻も早く帰って、本を乾かさなければならないからだ。

勘違いの、シースケーキ

無銭飲食になってしまったことが妙に引っかかり、私はその後、何度か『Café 小《さ》夜《よ》時雨《しぐれ》』に足を運んだ。が、いつ行っても閉店で、洋館の門は固く閉ざされたまま。たまに最初の日に会った尻尾の先が曲がったブチ猫がいるのが、ちょっとした癒やしになっていた。

お店の営業時間を示す看板もなく、サイトもヒットしない。いったいどうしてと、頭を抱えてしまう。

私とて暇なわけではない。課題はあるし、サークルにだって顔を出さなければならない。友人と福岡に買い物に行く予定や、洗濯物も溜まっている。そんな中で、バイトの面接は目下五連敗中。

最初は時給が高い事務系のバイト。二回目はお洒落《しゃれ》なカフェ、三回目は花屋、四回目はカラオケ店。五回目はラーメン屋。見事に全部、不採用だ。

それでもくじけず、今日、六回目の文房具店のバイト面接に挑んだ。

受かるかどうかは、先方の面接官の反応を見ただけではわからない。もしかして、『Café 小夜時雨』が開店していたら、採用されるかも！ そんなジンクスを頭に浮かべながら向かった。けれど――本日も達筆な字で書かれた「閉店」の木札が、門にかけられている。

愕然《がくぜん》とするのと同時に、スマホの着信音が鳴った。

「はい、日高です。あっ、いのうえ文具さん、はい、はい、あ、はい……」

電話は不採用の連絡だった。失意と共に肩を落とす。カフェも開いていないし、バイトは不採用だし、まったくツイてない。はぁ、落ち込む。

ガタリと、物音が聞こえる。いつものブチ猫が、塀に上った音だった。私の顔を見て「にゃあ」と鳴いたけれど、励ましてくれているのだろうか。

「……いや、そんなわけないよね」

ブチ猫は私の呟きに首を傾げ、澄ました顔をしてどこかへと行ってしまった。


一回目の不採用から半月経った本日、七連敗目が決定。バイトでここまで躓《つまず》くなら、就活はどうなるのだろうと、今から不安に思ってしまう。

時刻は十九時半。校舎の外に出ると、パラパラと小雨が降っていた。はぁと盛大なため息を吐きながら折りたたみ傘をさした。

長崎は有名な歌にもあるように、本当に雨が多い。

雨音を聞きながら、本日二度目のため息。

日中のしとしと雨と、オランダ坂の組み合わせは異国情緒が増して嫌いじゃない。けれど、夜の雨は勘弁してほしい。薄暗い中、濡れた坂を下るのは、それなりにテクニックが必要なのだ。雨で道が滑らないように石畳が敷かれていると聞いたことがあるけど、逆効果ではないかと思う。怖いものは怖いのだ。

雨の勢いはだんだんと強まり、折りたたみ傘では受けきれないほどのザァザァ降りとなっていった。どこかで雨宿りをしなくてはと思った時、『Café　小夜時雨』のことを思い出す。カフェまでここから歩いて五分もかからない。

――賭けにでよう。

傘を両手で持ち直し、早足で進む。暗闇の中、水溜まりを踏んだようで、新しく買ったばかりのスニーカーが濡れてしまった。それでも、私は足を止めずに坂を下る。

横道に入り、階段を下って細く長い小道を進むと、すでに見慣れ始めた洋館が見えてくる。中の灯りが点いているのに気付き、思わず「やったー！」と声を上げた。

『Café　小夜時雨』の門は開かれ、「営業中」の木札もかかっている。駆け足で門の中へと入り、玄関先で折りたたみ傘を畳む。雨に濡れた髪や服をハンカチで拭き、カランカランという鈴の音と共に中へと入った。

「ごめんくださーい」

反応はないが、奥から物音と話し声が聞こえた。ちょうど接客中なのかもしれない。しばらく待っていたら、この前のお兄さんが顔を出してくれた。

アイロンが綺麗にかかった黒シャツと黒ズボン姿。目を細め、眉間に皺を寄せている表情からは、歓迎する様子は微塵《みじん》も感じられない。

とりあえず「こんばんは」と言ってみるが、華麗にスルーされた。お兄さんは私の顔を見て、くるりと踵を返した。

——いや、何か喋って。

無言の接客に、心の中でつっこみを入れる。前回の経験からついて来いという意味なのはわかっていたので、「お邪魔します」とあとに続いた。

先客はスーツ姿のすごい美人だった。こう、スタイルがよくて、色気が半端《はんぱ》ないお姉さん。目が合うと、にっこりと微笑んでくれる。私も笑顔をお返ししてみた。

「——では先生、そろそろお暇しますね」

愛想のいい女性に対し、あろうことか不機嫌全開なお兄さん。

「そんな、睨まないでくださいな」

スーツ美女はお兄さんの態度を気にする様子もなくお代を払う。いったいいくら支払うのか気になって覗《のぞ》き込んだけれど、残念ながら手元は見えなかった。

女性は一礼し、出て行った。

お兄さんの顔を見ると、私をじっと凝視していたようで、思わずヒッ！と悲鳴を上げそうになる。それほどに、顔が怖かったのだ。

「お、お邪魔でしたか？」

「何がだ？」

「いえ、今の女性を帰らせてしまったのかと」

お兄さんは首を横に振る。よかった。タイミング悪く来てしまったわけではなさそうだ。とりあえず、この前の代金について訊《たず》ねると、驚きの金額が請求された。

「……ワンコイン」

「え？」

「五百円」

や、安すぎる。雰囲気のあるカフェでお茶の一杯でも飲もうとしたら、八百円は取られる。甘いものとのセットだったら、千円以上が普通だ。もっと高いところだってある。なのに、あんなにおいしいお菓子とホットミルクが五百円⁉

原価率とかどうなっているのだろうか。少し心配になったけれど、まぁいいかと、財布から百円玉五枚を取り出して、お兄さんに手渡そうとしたが――。

「――あ」

一枚五十円玉が混ざっていたのだ。

私の声に反応するように、ビクリと手を震わせるお兄さん。五十円玉と四枚の百円玉は床に転がってしまう。拾い上げていると、今度は自分の鞄の中身をぶちまけてしまった。それを見て、お兄さんが一言。

「……注意散漫」

お金を受け取りそこねたお兄さんに言われたくなかったけれど、前に来た時も本をびしょ濡れにしていたので、素直にお言葉を受け止め、反省する。

今度はしっかりと、百円玉五枚であることを確認し、手渡した。

「職を、探しているのか？」

お兄さんの足元に、不採用の判が押された履歴書が飛んでいったようだ。拾ってくれたそれを受け取りながら、苦笑をする。

「ええ、でも、なかなか決まらなくって」

「みたいだな」

「春のこの時期は、大学生がバイトをしようと殺到するんです。この辺り一帯は激戦区で……」

「親から小遣いを貰っていないのか？」

「生活費だけですね」

両親からは「家賃や光熱費は支払うけど、遊ぶお金は自分で稼ぐように」と言われていた。欲しい洋服はたくさんあるし、せっかく長崎に来たので、観光もしたい。そのためには、お金が必要だった。楽しくも豊かな生活を送るには、汗水たらして働かなければならない――。そんな事情を話す私に、お兄さんは驚きの提案をしてくれた。

「だったら、ここで働けばいい」

「――え？」

「ちょうど、人を探していた」

まさかの巡《めぐ》り合わせに驚いてしまう。私が、このお洒落な洋館カフェで働くと？

お兄さんは条件をいくつか提示する。

「勤務形態は、夜の雨が降った時から止むまで。毎週月曜日と金曜日は定休日」

「え、なんですか、それ？」

「この店は、夜雨《よさめ》の日にしかオープンしない」

「だから、ずっと開いていなかったのですね」

私は支払いをするために何度も通ったのに。せめて、営業時間は門に書いてほしかったと抗議した。

「営業時間は店名を見ればわかるだろう？」

「店名？」

――『Café 小夜時雨』

意味がわからないのでスマホで調べてみると、『小夜時雨』は「夜の雨」のことだと書かれていた。冬の季語みたいだけれど、ここではそのままの意味として使っているようだ。

「そんなの、普通わからないですよ」

「わかるだろう」

「わかりません！」

『小夜時雨』という店名から営業時間に気付いてほしいなんて、無理難題すぎる。

呆れていると、いくつかの疑問点が浮かんできた。

「もしも、雨が一晩中降っていたら？」

「日付が変わる時間には閉店する」

「なるほど」

さすがに、一晩中店を開くのは辛いだろう。

「それと、夜の判断方法は？　時間？　それとも暗さ？」

「太陽が沈んだら」

うわー、微妙。判断に困る。わからない時は、その都度聞けということか。

「メニューは日替わりですか？」

「その日の気分しだい」

「一セットだけですか？」

「そう」

容疑者を問い詰める刑事のように、質問を重ねていく。

「飲み物とお菓子の金額は？」

「いつでも、一セット五百円」

「ほうほう」

何もかもザックリとしていた。しかしながら、いったいどうしてそういうコンセプトの店を開こうと思ったのか。謎すぎるので聞いてみたが、顔を逸《そ》らすばかりで答えてくれない。特に理由などないのかもしれないが、不思議だ。

オーナーは誰かと聞くと、「自分だ」と答えるお兄さん。どうやら若くして経営をしているらしい。実家がお金持ちなのか、高給取りなのか。変な点ばかりだ。

「営業時間を雨が降った夜に限定するということは、事前にシフト組めないってことですよね？」

「そういうことだ」

雨の予報があったり、夜に雨が降っていたりしたら出勤すればいいと、軽い調子で言ってくれる。

「なかなか厳しい条件ですね」

雨が降らなければ仕事はないわけで、毎月の給料にも差が出てしまう。ちょっと無理かなと断ろうとした矢先、お兄さんは魅力的な条件を口にした。

「時給千五百円」

驚きの給金を聞き、ポカンと口を開いたまま、思考が停止する。

長崎県の最低賃金は現在七百円くらい。一時間九百円貰えるバイトは人気が殺到している。時給千五百円は破格の待遇なのだ。これから梅雨《つゆ》の時期に突入するので、結構稼げそうな気がするし、収入が少なければ、他のバイトと掛け持ちすればいい。

「どうする？」

「働きます!!」

私は迷わず、即答で働くと返事をした。

やはり、このカフェがキーポイントだったのだ。今までの不採用で受けた心の傷が、みるみる塞《ふさ》がっていくような気持ちになった。

あのブチ猫にも感謝をしなければ。閉店続きの毎日だったけれど、猫がいるかもしれないと、根気強く通うことができたのだ。

ホクホクしていると、お兄さん――ではなくオーナーより、質問が投げかけられる。

「そういえば、この前の濡れた本はどうなった？」

「あれは……まぁまぁに綺麗になりましたよ」

鞄の中に入っていた本を見せると、「確かにまぁまぁだな」というお言葉をいただく。

「普通に乾かしただけならば、もっと紙が波打っていると思うが？」

「いい方法がないか調べたんです」

その中で、驚きの乾かし方が発覚したのだ。

「濡れた本を凍らせるんです」

はぁ？　何を言っているのかと、疑いの目を見せるオーナー。

私はネットで調べた乾かし方を語った。

「濡れた本をジッパーに入れて、袋を閉じずに立てたままに冷凍庫に入れるんです」

取り出すのは二日後くらい。そうすれば、無駄な水分が抜けてしまうのだ。

「まぁでも、このとおり、紙の手触りはガサガサで捲《めく》りにくくなっているので、新しいの買っちゃいましたけどね」

よくよく調べると、冷凍して乾かす方法は失敗例も多く挙がっていた。

「なので、やる時は自己責任でお願いいたします」

「その前に、本は濡らすな」

「ごもっともで」

本当に不注意だった。これからは気を付けようと決意を固め、深く反省をした。

さっそく、業務内容について教えてもらう。

『Café 小夜時雨』での主な勤務内容は接客。お店で出すお菓子は、オーナーの知り合いの菓子職人が作っているもので、調理は必要としないらしい。ただ、飲み物は自分で淹れていると言っていた。コーヒーに紅茶、緑茶から中国茶、ハーブティーにフレッシュジュースなど、本格的な機材を入れてお客様に提供しているとのこと。

「茶葉の扱いは？」

「煎茶《せんちゃ》を嗜《たしな》む程度に」

だが、正式な淹れ方なんてここ数年やっていない。普段は茶葉を入れてお湯をどばっと注いで終了。そう答えたら、お茶に対する冒涜《ぼうとく》だと言われてしまった。

「あ、あと昔、茶道を習っていたので、抹茶《まっちゃ》を点《た》てられます。薄茶や濃茶とか」

「そっちを先に言え」

「すみません、忘れていました」

とはいっても、祖母に習った程度である。一年くらい触れていないことも伝えた。

「まあ、やっていなくても、体が覚えているだろう」

抹茶が出せるならば、和菓子の種類が増やせる——と呟《つぶや》くオーナー。お菓子と飲み物の組み合わせも、いろいろ考慮の上で出しているとのこと。一日一メニューのお店だ。お菓子と飲み物、双方に深いこだわりがあるのは当たり前なのだろう。

「飲食業というか、働くこと自体、経験がないので、上手くできるか不安ですが」

「まあ、その辺はおいおい教えるとして」

「はい、よろしくお願いいたします、先生！」

そんな返事をすると、ぎょっとした顔をするオーナー。

確か、さきほどの女性のお客様が「先生」と呼んでいたような気がしたんだけど？

「先生ではないのですか？」

「それは――」

学校の先生、弁護士、会計士、栄養士、医者、政治家、いろいろ挙げてみたけれど、どれも頷かない。私は唸《うな》りながら周囲を見渡す。すると、目に飛び込んできたのは、
本日のメニューが書かれた半紙。

『本日の品目　シースケーキ、ダージリン』

片仮名なのに絶妙なバランスで書かれている綺麗な筆跡を見て、ピンと閃《ひらめ》いた。

「あっ、わかりました、書道の先生ですね！」

「……いや、まぁ……そう、だな」

やった、正解！

オーナーは書道の先生とカフェを兼業で行っているのか。本業が書道で、趣味でカ

フェかな？　雨の夜にだけ営業をしているのは、本業が忙しいからかもしれない。

そうオーナーに聞いてみても、明後日の方向を見るばかり。これは、答えてくれないパターンだ。だんまりも困るので、話題を変えよう。

「シースケーキってなんですか？　チーズケーキ？」

オーナーは首を横に振る。シースケーキで間違いないらしい。これも長崎のお菓子だとか。興味があるので注文していいかと聞くと、そこで待っているように言われた。

数分後、この前と同様に、オーナーがティーワゴンの上にお菓子と飲み物を載せてやって来る。ここからふたつの扉を通過した先に、キッチンがあるらしい。

それにしてもシースケーキとは、はたしてどんなものなのか。期待が高まる。

「――おお！」

机の上に置かれたのは、半円に切った桃とスライスされたパイナップルが、生クリームで飾られた長方形のケーキ。生ではなく、缶詰のフルーツが載っていて、どこか懐かしさがある。これがシースケーキと呼ばれるものらしい。

続いて、白磁《はくじ》の桜模様のソーサーとカップが置かれ、紅茶が注がれる。よく見かける可愛らしい桜ではなく、こう、古典的な渋い柄《がら》だ。

砂糖の数も聞かれたので、ひとつと答えると、カップと同じ柄の壺《つぼ》に入った角砂糖をひとつだけ落としてくれた。

「どうした、食べないのか？」

「あ、はい。いただきます！」

なんていうか、イケメンのオーナーに丁寧な給仕をされるとドキドキする。指が細くて綺麗なので、思わず見惚《みと》れてしまうのだ。ランチやティータイムなどに営業したら、ご近所の主婦や女子大生に人気が出そうなのにもったいない。

気を取り直して、シースケーキをいただくことにする。フォークを生地に当てただけで、ふんわりとしているのがわかった。口に入れてからも驚く。

なんといっても、生クリームがすごい。きめ細かくて、あっさりしている。口に入れた瞬間に、ふわっと雪のように溶けてしまう。そのあとを、スポンジに挟まった濃厚なカスタードクリームが追う。ふたつの甘さが互いに喧嘩しないように、上手い具合に調整されている。果物と生クリームとカスタードクリーム、スポンジとすべての素材が合わさって、上品な味わいとなっていた。

「これ、すごく好きです！」

またしても近くでオーナーが見つめていたので、おいしかったと心からの感想を言ってみる。無反応だった。別にいいけれど。

セットのダージリンの相性もとてもいい。ぐっとケーキの甘さが引き立つのだ。なんとなく、優雅な気分に浸《ひた》ってしまう。

ケーキと紅茶はあっという間になくなった。満足すると最初の疑問が浮かんでくる。

「そういえば、これ、なんでシースケーキって言うのでしょうか？」

今回は手帳とペンを手にした状態でオーナーに質問をする。ご存じですかと聞くと、コクリと頷いて、説明をしてくれた。

「昭和三十年代のシースケーキは楕円《だえん》形、豆の莢《さや》に似た形をしていたが、英訳にする際に刀を示す鞘《さや》と勘違いをしてしまって、鞘《シース》ケーキとなった」

莢のPodと鞘のSheathを間違って付けてしまったと。けれど、ポッドケーキよりもシースケーキのほうが「なんだそれ！」と気になる。なかなか面白い由来だ。

「最初に作った人も、間違いに気付いたのは数年前だそうだ」

「なんと！」

現在は誤解のないよう、鞘という意味のSheathから、意味のないCeeceという綴りに変えているとのこと。

シースケーキは苺《いちご》が高価だった時代に缶詰のフルーツを代用して作られた、長崎の人達にとっては馴染《なじ》み深いケーキなのだとか。

「おいしかったです。それから、貴重《きちょう》なお話もありがとうございました」

「メモ魔か」

「そうなんです」

忘れっぽいので、メモを取るのが癖《くせ》になっているのだ。

手帳を閉じると、一枚の紙がひらりと落ちる。それを、オーナーが拾ってくれた。

「……なんだ、これは？」

「それは――」

食材の一覧が書かれたメモ。とっても重要な情報である。

「冷蔵庫にある食材メモです。何が入っているか、いつ買ったのか忘れてしまうので」

「なるほど。購入した日を付けているのは、食材がねまるのを防ぐためか」

オーナーの言葉の中に、不可解な一言が。「ねまる」とは、いったい。

「なんだ？」

「すみません。ねまるって、なんですか」

はぁ？　と言わんばかりの、顰《しか》め面《つら》を向けられる。

「もしかして、方言なのかなーと」

「ねまるって、言わないのか？」

「初めて聞きました」

どうやら、オーナーは全国区の言葉だと思っていた模様。

「ねまるは、腐っているという意味だ」

「ああ、なるほど」

「ねまるのを防ぐためのメモ」とは、「腐るのを防ぐためのメモ」という意味になる。

オーナーは眉間にぎゅっと皺を寄せ「またか」と呟く。

「また、とは？」

方言だと知らずに、使っていた言葉がいくつかあったらしい。

「例えば？」

「あくびという意味の、おこぼれ」

「使わないですねぇ」

「髪を梳《と》かすという意味の、さばく」

「言わないです」

眉間を解しながら、はぁとため息を吐くオーナー。「これだから……」と吐き捨てるように言う。私は覚えたての長崎弁で声をかけてみた。

「ねまらずに、頑張りましょうよ」

せっかく励ましたのに「余計なお世話だ」と睨まれてしまう。まことに遺憾《いかん》である。

そんなことはさておいて、お代を支払おうとしたら、やっぱり五百円《ワンコイン》だと言う。

「あの、つかぬことをお伺《うかが》いしますが、この金額設定でお店はやっていけているのでしょうか？」

オーナーは「やっていけるわけないだろう」と答える。では昼間、誰かに貸し出して収益を得ているのか？　と聞くと、違うと首を横に振った。

「ここはお金で買えないものを得るために始めた店だ。利益などは考えていない」

面倒くさそうな表情で言い切られてしまう。やはり、趣味のお店なのか。

ちらりと横目で見たらさっと顔を逸らし、口元はぎゅっと結んでいる。

人にはいろんな事情がある。なので、詮索《せんさく》は止めにした。

私は千円札を取り出し、支払いをする。おつりは先ほど渡した百円玉五枚が返ってきた。鞄を肩にかけ、立ち上がって一礼。それから、念のため確認する。

「ここで雇っていただけるお話は、本当ですか？」

「冗談に聞こえたか？」

「ちょっぴり」

だって会って二回目だし、ほんの少ししか話をしていないのにその場で採用してもらえるなんて、今までの面接連敗を考えれば、ありえないことだった。

「どうして、私を採用しようと思われたのでしょうか？」

「言っただろう。人を探していたと」

「ええ、ですが、面接も何もしていないので」

「人とそれなりに接することができる者ならば、誰でもよかった」

「なるほど」

偶然迷い込んだ素敵なお店で働けるなんて、不思議な縁だと思う。夢のようだとも。オーナーは変だけれど。

私はもう一度、頭を下げた。

「これからよろしくお願いします。えっと、呼び方はオーナー、でいいですか?」

それとも「先生」がいいのかと聞くと、眉間の皺がぐっと狭《せば》まる。先生はだめらしい。それ以前に、自己紹介などもきちんとしていなかったことに気付く。

「すみません、申し遅れました。日高乙女です」

「知っている」

一回目に来た時に渡した、名前と電話番号のメモを覚えていたようだ。住所などは伝えていないので、あとで履歴書を渡さなければ。

逆に、こちらはオーナーについて何も知らない。

「えーっと、改めまして、なんとお呼びすればいいのか……」

聞いてみると、懐《ふところ》から名刺入れを取り、その中から一枚を差し出してくる。でも、受け取ろうとした寸前でその手は宙に浮いた。突然「やっぱりあーげない」をされて、ポカンとしてしまう。お堅い感じなのに、実は小悪魔なのか?　顔を見上げると、意地悪をした表情ではなくて、なぜか焦《あせ》っているように見えた。

「あ、あのー?」

「ち、違う、これは本業用の名刺で……」

関係者にしか渡していないとのこと。オーナーはポケットに入っていた領収書を一枚取り、同じくポケットの中にあった筆ペンで何かをさらさら書き始める。筆ペンを携帯しているあたり、書道の先生っぽいなと思った。領収書の裏に書かれていたのは、『Café　小夜時雨』の経営者という肩書きと、名前と電話番号。

「向井《むかい》、潤《じゅん》さん、ですね？」

「見ればわかるだろう」

読み方の確認もさせてもらえないようだ。なんとも厳しい人だと思う。

「では、向井オーナーと呼ばせていただきます」

「好きにしろ」

個々の業務内容については、次のバイトの時に教えてくれるらしい。

営業前に来たほうがいいのかと聞くと、お客様はあまり訪れないので大丈夫だと言う。それならば、私を雇う理由はいったい……？

まあいいかと思って、バイト先がようやく決まったことを、単純に喜ぶことにした。

わからん、よりより

砂糖が日本に初めて運び込まれたのは奈良時代。当時は喉薬という名目で輸入されていたとか。奈良の大仏様への献上品《けんじょう》でもあった。

それ以前の砂糖がない時代の甘味料は蜂蜜がメインで、他には麦芽を糖化させた水飴や、干した果物などが使われていた。

砂糖がないなんて、ちょっと信じられない。

鎌倉時代の終わりから室町時代にかけて、砂糖は少しずつ多めに輸入されるようになったけれど、庶民の口に入るほど広まることはなかったようだ。

時は流れ、江戸時代。ポルトガルとの貿易が盛んになったのをきっかけに、砂糖の輸入量は徐々に増えていった。異国との唯一《ゆいいつ》の玄関口である長崎から大阪、京都、江戸へともたらされる。

その砂糖が運ばれた道の名が、『シュガーロード』。

シュガーロード沿道では、当時貴重な品だった砂糖が手に入れやすくなるため、さまざまな地域でいくつもの銘菓《めいか》が誕生していった。長崎のカステラも、シュガーロードを通じて広まったお菓子のひとつ。それまでの日本には砂糖をふんだんに使ったお菓子がなかったので、このカステラの登場でお菓子作りの常識が塗り替えられていく。

異国より運ばれてきた菓子作りの技法も、シュガーロードを通じて伝わる。各地の文化と風土を取り入れた新しいお菓子が誕生し、瞬《また》く間に日本人に愛される存在となっていった。


シュガーロード——日本に菓子文化を広げた甘くて素敵な道筋。こんな歴史があったなんて、知らなかった。

『Cafe 小夜時雨《さよしぐれ》』で五三焼を食べ、長崎にさまざまな謂《いわ》れや歴史があることに興味を抱いたので、自分でも調べてみることにしたのだが、その結果、長崎は『シュガーロード』という甘い出発点で、この地においしいお菓子がたくさんある理由を知ることになった。

私は大学で、管理栄養士を目指して勉学に励んでいる。調べたことは食品文化の郷土研究として発表するつもりだけれど、まだまだネタは完成されてない。もっと調べる必要がありそうだ。

食文化とは直接関係ないけれど、ポルトガルから伝わった外来語も面白かった。

カルタにボタン、ブランコにタバコなど。

合羽《かっぱ》みたいに、もとはポルトガル語なのに漢字を振っている単語もあるので驚きだった。どこかで話のネタにできるかもと、メモしておく。

『小夜時雨』に採用してもらってから十日。今まで一度も雨は降っていない。

履歴書などの提出物はすべて揃え済みで、いつでも働ける状態にあるのに。


着物同好会のサークル活動を終え外に出ると、しとしとと雨が降っていた。天気予報は一日曇りだったのに……と、いつもだったらため息を吐くところだけど、今日の私は違った。

ウキウキと心が躍《おど》り、手を差し上げて雨が降っているかを体でも確認してみる。手のひらにはポツポツと雨粒のしっかりした感覚が。素早く、時計を確認。時刻は十八時。これって夜だよね？

薄暗い中、私は『Café　小夜時雨』に向かった。到着したころには、辺りの街灯も点灯し、すっかり夜の風景となっている。雨の勢いも強くなり、門には「営業中」の木札がかけられているのを確認。折りたたみ傘を畳み、袋に入れてしっかりと口を閉じる。ハンカチで服や髪の雨を拭《ぬぐ》ってから中へと入った。

「こんばんはー」

返事はないとわかっていても、つい玄関先で声をかけてしまう。だが、意外にも向井オーナーはすぐに顔を出してくれた。

「あ、こんばんは」

「……ああ」

「今日、お仕事の日ですよね？」

「そうだな」

「ならば、お邪魔します」

今日はいつものフロアではなく、四畳半くらいの部屋に通された。

「ここが従業員用の部屋」

「へえ、可愛いですね」

壁紙や家具などが白に統一されたお部屋で、貴族のお嬢様の私室といった感じ。こういう素敵な環境で働けることに、改めてときめいてしまった。

「まず、勤務中の服装だが」

「はい」

紙袋を手渡される。持った感じはすごく軽い。もしかして、私服にエプロンを掛けるだけ？　だったら、店の雰囲気に合う可愛いワンピースを着て来ればよかったと後悔。今日の服装はシャツにカーディガン、ジーンズにスニーカーだよと、がっかりしながら袋を開ける。

「こ、これは――」

中身はあろうことか——割烹着《かっぽうぎ》、だった。お洒落なカフェに割烹着だなんてありえない！と、心の中で叫ぶ。広げて裏表と見たけれど、やっぱりなんの変哲《へんてつ》もない白い割烹着でしかない。

「あの、こちらは……？」

「割烹着」

「ですよね」

これが仕事着なのかと聞くと、「そうだ」と答えるオーナー。

私は切《せつ》ない気分で割烹着を畳み、机の上に置く。割烹着にジーンズじゃ給食当番だよ……。自然にがっくりと、肩が落ちてしまう。

「あの、ひとつ、意見を言ってもいいですか？」

「勝手にしろ」

「ありがとうございます」

私はオーナーに訴える。「お洒落なカフェに割烹着はありえない！」と。

「この服装が一番汚れない」

「ですが、もしも私が客として来店したとき、割烹着を着た店員が店の奥から出て来たらがっかりしてしまいます！」

やんわりと主張するつもりが、だんだんと白熱してしまう。

「よく理解できないが？」

「そういうものなんです！　とにかくありえません！」

今の時代に割烹着なんてどこで売っているのか。習字教室ででも使っているのか。

「も、もしかして、オーナーは割烹着を着てお習字を？」

「そんなわけあるか」

「だったら生徒さんに着用の強制を？」

「していない」

「だったら、この割烹着はいったい……？」

「資料だ」

「え？」

「あ、いや、なんでもない」

なんの資料？　イケメンと割烹着と資料。上手く結びつかない。もしかしたら趣味の世界のお話かもしれない。オーナーをチラ見すると、視線を逸らされてしまった。問い詰めても答えてくれそうにないので、さきほどの発言は聞かなかったことにしよう。押し黙った私の不服さにオーナーは気付いてくれたのか、質問してくれた。

「だったら、どういう恰好がいいんだ？」

「フリル付きの白エプロンがベストですが、せめて普通の白いエプロンがあればと」

家にある黒いワンピースと白いエプロンを合わせたら、クラシカルなウェイトレスに見えなくもないだろう。和風なメニューの時は、着物に合わせても大正時代の給仕係みたいで可愛いかも。こういうところは、雰囲気も大事なのだ。それを、一生懸命オーナーに訴えた。

「わかった。検討しておこう」

「ありがとうございます！」

服装についてはなんとかなりそうで、ホッとひと安心。

「あ、髪型とか髪色とか、指定はありますか？」

友達とかみんな髪を染めているけれど、私はまだ黒髪のままだった。家が厳しくて、今まで染められなかっただけなので、大学生活のうちに一度くらいは染めたいなと思っている。けれど、お店的にはどうなのかと、質問をしてみた。

「……そうだな。可能ならば、黒髪が、好ましい」

「そうですか。わかりました」

まぁ、明るい髪色は似合わないような気もするので、このままでもいいかなと思っている。他に、髪を巻くのもちょっとと言われてしまった。

割烹着を仕事着に指定しようとしていたくせに、外見の制限がなかなか厳しい。

「だったら、髪型はおさげとかがいいんですか？」

「おさげ……」

「今時の大学生はしないですけどね、おさげ」

なんとなく、大正から昭和な雰囲気になりそうだと思った。けれど、この洋館的には合っているかもしれない。

「髪型は――任せる」

「わかりました」

服装や髪型の規定がわかったところで、オーナーから詳しいことは書類に目を通すようにと言われた。

「そういえば、ここで働くことを人に話したか？」

「いいえ、まだ」

友達に喋れば大勢で殺到しそうな気がして、言えないでいる。全員が座れる席もないし、店員も私とオーナーだけなので、てんやわんやになるだろう。

「なんとなく、みんなで楽しくワイワイ過ごすようなお店じゃないなって思って」

それを聞いたオーナーは、そのとおりだと言った。なるべく、知り合いにも言わないようにと口止めをされる。

事前の説明は以上。とりあえず今日は割烹着を着てお客様を待った。お洒落な喫茶店に、割烹着を着た従業員。見た目的には非常にダサく、人に見られたくなかったけれど――幸いなことに、お客様は来なかった。キッチンでコーヒーマシンの説明をしながら、オーナーは「こんなものだ」とポツリと呟く。

「こんなものですか……」

と、当たり障りのない返事をしつつ、先ほどから気になっていたことを質問する。

「……あの、オーナー。腕、どうかしたのですか？」

ずっと、痛みを抑《おさ》えるように摩《さす》っていたのだ。怪我でもしているのか。心配して顔を覗き込むと、肩を強く押し戻され、鋭い視線で睨まれる。この件について触れるなということだろう。私は何事もなかったかのように踵を返し、ふぅとため息。一連の行動については、見なかったことにした。

部屋の中は、雨のザァザァとした音だけが響いている。

いつしか時刻は二十一時半。

窓の外は真っ暗で、誰かが近づく気配など欠片《かけら》もなかった。

二十二時過ぎに雨は突然止んだ。よって、『Café　小夜時雨』は閉店となる。部屋の清掃をして、各部屋の電気を消して回る。本日の労働は三時間。コーヒーの淹れ方をザックリ習うことくらいしかしていないけど、結構稼げてしまった。

「オーナー、本当に千五百円も時給が発生するんですか？」

「すると言っているだろう」

なんという太っ腹経営者なのか。思わず手と手を合わせて拝《おが》んでしまう。

「何をしている」

「ありがたくって」

呆《あき》れた顔で私を見下ろすオーナー。そんな彼は意外にも紳士で、わざわざマンションの近くまで車で送ってくれた。

「ありがとうございます」

「……別に、この辺に用事があっただけだ」

周囲のお店、ほとんど閉店していますけどね。そんなことは指摘せずに、深く頭を下げて別れた。

その後、数回のバイトで顔を合わせるうちに、なんとなくオーナーの人となりを掴んできた。他人に興味がないように見えるけれど、そんなことはない。初対面の時、迷子の私に道順を丁寧に教えてくれたし、夜、遅くなったら今日みたいに送り届けてくれる。ついでだと言ってくれるのも、私が気にしないようにだろう。

言葉はそっけないけれど、行動には優しさが滲《にじ》んでいた。

目付きが悪いのは、どうにもならないらしい。睨んでいるわけではないとのこと。

謎も多いし、本当に不思議な人だと思う。

本日も図書館でレポート用の調べもの——長崎の郷土料理についての資料を探す。

さっそく、面白そうな本を見つけた。

長崎には「わからん」という言葉があるらしい。漢字で書くと「和華蘭《わからん》」。それは、和＝日本、華＝中国、蘭＝オランダ＆ポルトガル、それらの国の交流から生まれた長崎独自の文化を示す言葉だ。なんでも鎖国《さこく》をしていた時代、唯一の異国との玄関口だった長崎は、さまざまなものや知識を積極的に取り入れていたとか。その代表が「卓袱料理《しっぽくりょうり》」と呼ばれるもの。

日本料理をベースに中華料理などをアレンジしており、卓袱の卓は机、袱は風呂敷を意味する中国語。

綺麗に整えられた机で食べることから、そのように呼ばれるようになったとか。この辺の由来については諸説あるようだが、結構な品数が出るコース料理的なものだ。内容は御鰭《おひれ》という汁物、地元産のカワハギやマダイなどの刺身、豚の角煮、酢の物、天ぷら、煮物、水菓子など。

ちなみに食後のデザートはお汁粉。今の感覚だと変な気がするけれど、砂糖が貴重だった時代はきっと珍しかったのだろう。

画像検索をしてみたら、どれもおいしそうだ。地元民に詳しい話を聞こうと、隣で漫画を読んでいる友人――諒子《りょうこ》ちゃんに声をかけてみる。

「ねえ諒子ちゃん、卓袱料理食べたことある？」

「あるわけないじゃん。あれ、結婚式とか、成人式とか特別な日にしか食べないよ」

「そうなんだ。てっきり庶民に愛されているお料理かと」

「一食、一人二万円のコース料理なんて庶民には愛せないから」

「に、二万⁉」

学生にはムリすぎる。それでも諦めきれずに探してみたら、三千円くらいのお手軽価格で卓袱料理を食べられるお店を見つけた。

「諒子ちゃん、三千円で卓袱料理食べられるお店を見つけたんだけど、今度一緒に行かない？」

「えー、三千円払うんだったら、イタリアンがいい」

「じゃあ、私の奢《おご》りだったら？」

「卓袱料理かぁー。なんか、堅苦しい感じがするんだよね。料理も店の雰囲気も、若者向きじゃないって」

高級割烹のような雰囲気らしく、茶髪をかき上げながら「スーツでも着ていけばいいの？」と面倒くさそうな顔で聞いてくる。無理に誘うのも悪いなと思ったので、他を当たることにした。

「卓袱料理以外の時は誘って。ちゃんと割り勘にするから」

「うん、ありがとう」

どうやらテンションの上がる食べ物ではなかったようで、残念。コース料理を食べに一人で行くのもなんだかなぁって感じだし、今度、両親を長崎に招待した時に食べに行けたらいいな。それにしても、一人二万円……。頑張ってバイトをしなければ。

「そういえば、乙《おと》ちゃん、今度の合コン行くんだっけ？」

そうそう。次の土曜日、合コンが開催されるのだ。まだバイトが決まっていない時期に誘われたので、返事を保留していたのをすっかり忘れていた。土曜日の天気予報をサイトで調べる。……残念。雨の予報だ。

「ごめん。土曜日、予定入れちゃってた」

「まじか。どげんしよ」

諒子ちゃんはたまに、長崎弁が出てくる。可愛いのでもっと聞きたいと言ったら、嫌な顔をされた。将来県外に就職する予定なので、標準語の練習をしているらしい。

それはいいとして、合コン問題を真面目に考える。

「人数集まらない系？」

「違う。高校の同級生の男で、東京の子が来るって言ったら会いたいって奴がいて」

「うわっ、なんで？」

「都会の子はみんなオシャレで可愛いってイメージがあるのかも？」

「そんなわけないじゃん！」

バイトの日でよかった。変にハードルが高くなっている合コンに行くところだった。

外していた眼鏡をわざわざ掛け、私を見た諒子ちゃんが、「だよねぇー」としみじみ呟いたのも気になったけれど、詳細《しょうさい》を聞いたら傷つきそうなのでスルーしておく。

「用事って男？」

「いやー、うーん」

「片思いか」

「どうかな？」

適当に誤魔化すと、とんでもない勘違いをしてくれた。

「へえ、そっか。純情そうに見えて、意外と惚《ほ》れっぽいと」

「……あ、うん。まぁ、ね」

嘘を吐いてしまったことを申し訳なく思い、心の中で謝りつつ、バイト代が出たらイタリアンを奢ることを誓った。チェーン店のだけどね。

時刻は十六時半。天気は晴れ。今日は大切な用事があるので、授業が終わったらすぐに学校を飛び出した。坂を膝に負担がかからない程度の駆け足で下り、路面電車に乗って長崎駅を目指す。向かうのは駅ビルにあるショッピングモール。エレベーターの三階のボタンを押し、早足で向かうのは書店だ。

今日は大ファンである東雲洋子先生の二年ぶりの新刊で人気作、『探偵・中島薫《なかじまかおる》子《こ》』シリーズの発売日。嬉しくって三冊も予約してしまったのだ。自分用、保存用、布教用にと思っている。といっても、文庫なので、お財布に優しいのだけど。

レジで名前と本のタイトルを言うと、店員のお姉さんが取り置き状態にしていた本を持って来てくれた。

「こちらですね」

「はい」

持って来てくれた本には『探偵・中島薫子と、割烹着殺人事件』とあった。サブタイトルを確認していなかったので、一瞬ピンとこなかったけれど。そうだ、長い間、題名が（仮《かっこかり》）のままだったのだ。最近バタバタしていたので、サイトなどで確認を怠《おこた》っていた。それにしても、割烹着とは。思わず、仕事着に割烹着を手渡してきた喫茶店のオーナーの顔を思い浮かべてしまった。

最近流行《はや》っているのだろうか、割烹着。

まぁいいかと精算を済ませ、お弁当を買って帰ろうとしていたら、背後より声をかけられる。

「アノ……」

振り返ると、背が高くて金髪碧眼《きんぱつへきがん》のお嬢さんが。観光客かな？

「どうかしました？」

「ン、エト……」

年頃は私と同じくらいか。外人さんは年齢不詳なので、よくわからない。地図を片手に持っていたので、迷っているっぽいけど、道案内はちょっと自信がない。

金髪碧眼のお嬢さんは土産物屋を指し示し、たどたどしい喋りで言った。

「魚《サカナ》ソース、探シテ、イマス」

「魚ソース？」

「ハイ。長崎、トクベツな、ソースデス」

なんだろう。長崎の名産品とか？

旅行前に長崎のことについて調べていた時に、ネットの書き込みで発見したらしい。プリントアウトした情報源《ソース》を見せてもらったけれど、全文英語でちんぷんかんぷん。

「スゴク、オイシイ、サカナソース。ココでしか、買えない。ホシイと、思いまシタ」

「な、なるほど。えーと、オーケイ。ちょっとお店を探してみますね」

店内を軽く見て回ったけれど、置いていなかった。こういう時は、お店の人に聞くに限る。そう思っていたけれど――。

「魚のソース？　聞いたことないですね」

調査した結果、店員さんも知らないとのこと。店の棚を探し回っても、それらしきソースは見当たらなかった。

金髪碧眼のお嬢さんの名前はニコラ。イギリスから遊びに来ていて、私と同じ十八歳だと言っていた。長崎で魚ソースを買うことを楽しみにしていたらしい。彼女曰《いわ》く、甘くて、味わい深いソースなんだとか。スマホで検索もしてみたけれど、それらしきものは見つからない。もうひとつ、隣駅の近くにあるショッピングモールならばあるかもしれないと提案したが、時間切れだと言っていた。このあと、友達と落ち合う予定らしい。ニコラの滞在は明後日まで。このまま別れるのも、なんだか引っかかる。

「あの、よかったら、メールアドレス交換しませんか？」

オーナーならば何か知っているかもしれない。身振り手振りで説明すると、アドレスの交換に応じてくれた。

ニコラと別れたあと、土産物屋をうろついてみたが、やっぱり魚ソースはない。このまま手ぶらで帰るのも悔しいので、休憩時間のお茶《ちゃ》請け用に醤油煎餅《せんべい》を購入。

外に出ると、小雨が降っていた。

時計の針は十八時前。雨のせいで妙に薄暗い。これは夕方なのか、それとも夜なのか？　ちょっと悩んだが、迷っている時間がもったいない。それに、オーナーに聞きたい話もある。

私はもう一度、路面電車に乗り、オランダ坂を目指すことにした。坂を上って『Café　小夜時雨』に到着すると、門には「営業中」の木札がかかっている。

「――あ！」

門の前にブチ猫が。雨宿《あまやど》りに来たようで、一緒について来る。

裏口の玄関マットの上に寝そべったので、フカフカの白いお腹に手を伸ばしたら、くるりと回転して避けられた。むぅ、惜しい。

そんなやりとりをする中でふと思う。この子、ちょっとオーナーに似てない？　もしかして、オーナーの猫なのだろうか？　首輪はしていないようだけど。

「そう思いませんか？」と話しかけると、ブチ猫はすっと目を細め、迷惑そうな表情を浮かべると立ち上がり、雨の中に消えて行く。

「あーあ」

逃げられちゃった、がっかり。猫のことは諦《あきら》めて、店の中に入る。

館の中はまったく人の気配がなかったので、「こんばんは」と声をかける。すると、奥の部屋からオーナーが出てきた。

今日もパリッとしたシャツを着ていて、清潔感溢れるイケメンだけど、やっぱり雰囲気はお堅い。この人は一年中こうなのだろうか。なんだか疲れそうだ。

いつものように眉間に皺を寄せ、歓迎してないことが明らかな一言を呟いてくれる。

「……来たか」

「来ましたとも」

オーナーの嫌そうな顔は無視して、猫について質問する。

「あの、店先でよく見かける白と薄茶のブチ猫はオーナーの飼い猫ですか？」

「違う。あれは町猫だろう」

町猫とは、ボランティアと地域の人がお世話をしている猫らしい。最近では、ちょっとした観光の目玉になっているとか。

「ここら辺の猫は尾曲がり猫がほとんどで、県外の人から見たら珍しいらしいな」

「尾曲がり猫、ですか？」

「尻尾が短かったり、団子状や、曲がっていたりする猫のことだ。鍵《かぎ》尻尾とも言うが」

鍵尻尾！　そういえば、あのブチ猫も尻尾の先が曲がっていた。

「あれは、東南アジアや中国南部の猫で、鼠駆除《ねずみくじょ》用にオランダ船に乗せていた猫が、長崎で繁殖し、増えたと聞いている」

「なんと！」

中国では幸運を引っかける猫として、大切にされているとか。

まさか、猫にまで和華蘭文化があったとは。尾曲がり猫はいろんな形の尻尾があるらしいので、今度オランダ坂で調査してみようと思った。

お喋りはこれくらいにして、従業員用の部屋で黒のワンピースに着替える。これは家から持って来た膝下丈のもので、フォーマルとしても使えるちょっといい服だ。去年の誕生日に祖母から貰ったもので、お気に入りの一枚でもある。

髪の毛はポニーテールにして、前髪に軽く櫛《くし》を入れた。休憩室から出ると、営業中の木札を手にしたオーナーが立っている。

「あれ、雨、止んじゃいました？」

「……」

「オーナー？」

私をぼんやりと見たまま反応がなかったので、大丈夫かと覗き込むと、ビクリと肩を揺らして木札を床に落とす。拾って差し出すと、力ない様子で受け取った。

なんか、微妙に顔も赤い。風邪？

「どうかしましたか？」

体調が悪い時に、驚かせてしまったようで申し訳なく思ったけれど、「なんでもない」とのこと。すでに顔を逸らしているので、理由を聞いても答えてくれそうにない。

雨は止んだので、あっさりと閉店になってしまう。幸いこういう場合でも、お店の掃除などをすれば時給は発生するらしい。ありがたいお話だった。

箒《ほうき》を取りに行こうとすると、「エプロンを用意した」と引き止められる。仕事が速いなと思いつつ、キッチンに行って受け取った。

「――あ！」

袋から出てきたのは、ふりふりの白エプロン！　肩と裾《すそ》にフリルがあしらわれており、とても可愛いくて、テンションが上がる。

「オーナー、ありがとうございます」

さっそく、その場で身に着けてみる。

「どうでしょう？」

スカートの裾を掴んでくるりと回り、そう聞いてみる。

「……可もなく、不可もなく」

「……ですよね」

割烹着だったら似合っていると言ってくれたのか？　いや、似合うと言われても、女子大生としては微妙な気もする。十年後に言われたら嬉しいかもしれないけれど。

「あ、割烹着といえば！」

私は鞄の中から一冊の本を取り、オーナーへと差し出した。

「この方の本、面白いので差し上げます。今日発売の新刊でシリーズものですが、途中からでも楽しめますよ」

オーナーは表紙を目にした途端、ぎょっとしたような顔になる。

「どうかしました？」

「……いや」

いろいろとお世話になっているお礼だと言っても、受け取ってくれなかった。

「じゃあ、貸します。なので、読んでください」

「いい、いらない」

「なんでですか？」

「所持、している、から」

「え？」

驚いたことに、オーナーも東雲洋子さんのファンだった。発売日に買うなんて、相当好きに違いない！　嬉しくなって、どの作品が一番好きなのか質問したら、ますます顔は強張《こわば》り、ぎこちない様子になる。

「あ、もしかして、自分のことを聞かれるのが苦手なタイプでしょうか？」

「それは、そう、かもしれない」

「だったら申し訳ありませんでした」

同士を見つけたと思い、ついぐいぐいと話しかけてしまった。深く反省。本は鞄の中に戻して、お詫びに何かと鞄の中を探る。

「えーっと、お菓子は――」

と、醤油煎餅を掴んで思い出す。オーナーに聞きたかった例のこと。

「魚ソース？」

「はい。甘くて、コクがあって、長崎などにしか売っていないそうです」

期待を寄せながら説明をしたけれど、オーナーは「知らん」ときっぱり。

そんな、頼みの綱《つな》が……。がっかりしながら、醤油煎餅を開封して齧《かじ》る。

「――んん？」

「どうした？」

「こ、これ！」

いつもと味わいが違う煎餅を、オーナーにも一枚差し出した。パキリと音をたてて食べるけれど無表情。

「味は、まぁ、うまいが……？」

「えっ、なんか、すっごく甘くないですか？」

齧った瞬間、ありえない甘味が口の中に広がって驚いたのだ。なのに、オーナーの反応は薄かった。

「甘いか……？　ああ、そうか」

ここで、驚くべき事実が語られる。

「これは甘露《かんろ》醤油か甘口醤油を使っているのだろう」

「甘露……なんですか、それ？」

「九州地方独自の甘い醤油で、刺身醤油とも呼ばれて――」

この時、二人同時に「あ！」と叫ぶ。

「魚ソースのソースって、醤油《ソイソース》のことですか？」

「だろうな。海外では刺身を食べる文化がないので、魚ソースと伝わったのだろう」

偶然にも、謎が解明してしまった。

甘露醤油とは、一度完成した生醤油に、再度麹《こうじ》を投入して二度目の仕込みを行うもの。手間暇かけて作られたそれは、「再仕込み醤油」とも呼ばれている。

発祥は山口県。長崎では、「刺身醤油」と呼ばれ、豊かな風味と芳醇《ほうじゅん》なコク、とろみがあってまろやかな味わいが特徴。刺身や冷や奴にかけて食べるらしい。

『Café 小夜時雨』のキッチンにも、刺身醤油は常備されていた。なんでも、バニラアイスにかけるとおいしいらしい。

「夏頃に、メニューとして出そうと思っていたんだ」

食べてみるかと言われ、しばし迷う。アイスクリームに醤油って……でも気になるし……。逡巡《しゅんじゅん》したのちに、コクリと頷いた。

オーナーが用意してくれた、アイスクリームの刺身醤油がけ。響きが微妙なので甘露醤油がけと呼ぶことにしたそれを、さっそく匙《さじ》で掬《すく》って食べてみる。

「──わっ」

なんだろう。醤油独特の香りはするもののしょっぱさはなく、甘いのはもちろんのことだけど、濃厚で旨味《うまみ》成分がたっぷりだ。上品なみたらし団子みたいな感じ。

「おいしいです！」

オーナーが満足げな表情で頷く。

これは夏になったら、是非ともお店で出して、お客様に驚いてもらいたい一品だ。

ニコラにもメールする。刺身醤油の写真を送って、これをスーパーに持って行って店員に聞けばきっと買えるだろうと、拙《つたな》い英語でメッセージを添えて。魚ソースではなく、刺身醤油だと伝えることも忘れない。すぐにお礼とメールが返ってきた。

問題が解決し、すっきりとした気分になったけれど、今日もお客様が来なかった。はぁとため息を吐いていると、オーナーが何かを差し出してくれる。

それは、初めて見るお菓子。細長い棒のようなものを、螺旋《らせん》状に捩《ねじ》ったお菓子のようだ。茶色くこんがりとした色で、大きさは十センチくらい。

「このねじねじは、なんでしょう？」

「ねじねじじゃなくて、『よりより』だ」

「惜しい！」

「よりより」は江戸時代からある中国由来のお菓子で、長崎では月餅《げっぺい》よりもメジャーらしい。給食のデザートとしても出てくるとか。

ちなみに、「よりより」という名前で呼ぶのは長崎だけで、その他の地域では「麻花《マーファ》」とか「唐人巻《とうじんまき》」という名前で呼ばれている。さっぱりとしたジャスミン茶と共にいただくとおいしいとのこと。

私が淹れようと思ったけれど、茶器の使い方がわからなかったので、結局オーナーが準備をしてくれた。キッチンにある椅子に座って、ちょっとしたお茶会をすることになった。

今日は中華菓子なので、赤い花が描かれた中華っぽい絵柄のお皿と茶器が用意されていた。相変わらず、見事なお皿だ。もしかしなくても、食器にもこだわりがあって、季節感のあるものを選んでいるのだろう。あとで話を聞かなければ。でも今はそれよりも、「よりより」だ。

「では、いただきます」

さっそく、「よりより」に噛り付く。

「――硬っ！」

見た目以上に硬かった。なんとか奥歯で齧り、ボリボリと音をたてながら噛み砕く。

味はなんだろう、甘さ控えめで乾パンに似ている感じ？　素朴だけど、顎《あご》が慣れたら硬い食感が癖になりそうだ。「よりより」と共にジャスミン茶を一口。うん、おいしい。ふわりと豊かな花の香りが広がる。

あまりに硬すぎるので、小さな子どもなどは大丈夫なのかと聞くと、最近はソフトタイプの「よりより」が出ていることを教えてくれた。それは食べ比べてみないと。今度、中華街に行って探してみよう。

「よりより」も鎖国の時代に長崎へとやって来たそうだ。

他にはどんな料理やお菓子がこの地に伝わっているんだろうと思いを巡らせる。

甘いお醤油もだけど、ここ、長崎の地には不思議な食べ物がたくさんある。

シュガーロードを通じて、形作られる料理やお菓子。どのような経緯《けいい》で作られ、広まったかなど気になることばかり。

今の私の状態はまさしく「わからん」だ。

和と華と蘭。それぞれの歴史は、どこで繋《つな》がり、結びついたのか。

ひとつひとつ、謎を紐解《ひもと》いていくのが楽しみで仕方がない。

新たに調べたい長崎ネタが次々と浮かび、ワクワクしてしまった。

初めてのお客様！

『Cafe 小夜時雨《さよしぐれ》』で働き始めて二週間ほど。コーヒーや紅茶の淹れ方を習い、長崎の伝統菓子についての勉強も進んでいる。実家から仕事で着られそうなワンピースも数枚送ってもらった。一枚は焦《こ》げ茶色の地味なもので、もう一枚は水色のワンピース。雨の日が続いた時には黒のワンピースと、日替わりで着ている。

出勤して初めに行うのは掃除。まず、広いエントランスを箒で掃《は》く。それから長い廊下も同じように。絨毯が敷いてあるので、痛まないように慎重に掃いた。廊下を進むと、お客様を迎える大広間。ここはモップで拭く。それ以外に、従業員用の休憩室、その隣は物置。一番奥にキッチン。事務所や書斎として使っているらしい二階に上がる階段、空室もあるけど、案内された部屋だけ、掃除をするようにしていた。

素敵な洋館に可愛い？従業員、掃除は完璧だし、厳選されたおいしいお菓子もある。オーナーもイケメン——無愛想だけど。

舞台は完璧、準備は万端——なのに、なのにお客様が来ない！

最近、従業員用の休憩室でオーナーも待機をするようになった。洋館が広いので、ここにいるほうが、お客様が来た時にすぐわかるそう。私が初めて『小夜時雨』に訪れた時も、出てくるまでに時間がかかっていた。

少しはやる気があるのだろうか？　黙って座っているだけなので、計り知れないけれど。少々居心地が悪いので、話しかけてみる。

「お客様、来ませんねー」

「雨は外に出るのが億劫《おっくう》になるからな」

「お店のコンセプトを全否定するような発言ですね」

私の非難に、オーナーは目を細め、ぼそりと呟く。

「……せからしか」

「え、なんですか、それ？」

「働き者で感心、という意味」

「ええっ、本当ですか？　なんか、嘘っぽい」

オーナーは普段、標準語だ。けれど、たまに長崎弁がポロリと出てくることがある。たいてい、意味がわからないので聞き返しているのだけれど、面倒くさがって教えてくれない。もしくは、怪しい訳《やく》を言うので、それにつっこむ毎日だ。

と、このように実りのない会話をしつつ、お客様を待つ。

手持ち無沙汰《ぶさた》なので、休憩室のテーブルに置かれているお菓子を食べる。一口大の薄紅色や黄色などパステルカラーで花形のそれは、一見して砂糖を固めた落雁《らくがん》に見えた。粉っぽくてひたすら甘いだけの落雁は苦手なのだけれど……。

「――んん？」

　さっくりとした触感で、噛んだ瞬間口の中にお米の香ばしさが広がり、ふわふわの淡雪のように溶けてしまう。品のある甘さがあって、もっとじっくりと味わいたいと思う間に消える儚さ。美しく模られた形にも、職人さんのこだわりがこもっているよう。聞けば、材料も落雁と違うらしい。落雁は餅米と砂糖を使うのに対し、これは白米に砂糖や水飴などが材料だとか。名前は『口砂香《こうさこ》』。

　口の中で砂糖が香るなんて、素敵すぎる。

　このお菓子もシュガーロードに伝わる伝統菓子らしい。さっそくメモを取りながら、オーナーの話を聞く。

「シュガーロード、胸がときめく言葉です」

　その感想に対し、無表情で頷くだけのオーナー。

　待機中は好きに過ごしていいと言うので、そのまま授業のレポートを書かせてもらった。幸いにも、わからないことがあればオーナーに聞くと的確な答えに導いてくれる。意外と教え上手で、さすが先生だと思った（書道のだけれど）。

　レポートも終わり、時計を見ると二十一時半。雨はまだ止みそうにない。

「なんとかして、お客様に来てほしいですね。私が会ったお客様、あのスーツを着た美人さんだけですよ」

せめてホームページだけでも作ったらどうかと提案するも、首を横に振って必要ないと切って捨てられる。

「ここを営業するのは、金で買えないもののためなので、このままでも問題ない」

「でも、こだわりのお菓子と飲み物があるのに誰も来ないなんて、寂しいですよ」

せめて「雨の夜」だけではなく、「雨の降っている日」限定とかにすればいいと提案をしても、それでは『小夜時雨』ではなくなると言い出すオーナー。

「夜の雨」にこだわりがあるらしい。謎のコンセプトの理解に苦しむ。

「お金で買えないものって、秘密なんですよね?」

「……」

オーナーは腕を組み、そっぽを向く。黙秘権を行使された。こうなったら、絶対に話さないのはわかっていたから即座に諦める。

ふと、オーナーが先ほどから腕を押さえていることに気付いた。そこはこの前、摩っていた場所と同じ。やはり、怪我の後遺症とかなのだろうか。よく、雨の日に古傷が痛むとか、そういう話を聞いたことがある。

でも前回、軽い気持ちで聞いたら猛烈に拒絶された。なので、今回は触れないほうがいいだろう。そんなことを考えていると、目が合う。眺めていたことに気付かれたか。適当なことを言って誤魔化す。

「あ、オーナーって、たまーに出る長崎弁が可愛いですよね！」

オーナーはこちらが話しかけた内容には反応せず、無言ですっと立ち上がり、戸棚から皿に載ったまん丸の何かを取り出す。

白いお餅《もち》のように見えるけれど……。じっと観察していたら、いきなり口の中に押し込まれた。

ふわっと、胡麻《ごま》の香ばしさが口の中いっぱいに広がる。やわらかな求肥《ぎゅうひ》で胡麻の餡《あん》を包んだお菓子だった。上品な砂糖がまぶされた求肥はモチモチ。中の餡は甘さ控えめで、あまりのおいしさに怒ることを忘れ、思わず言葉を失った。

しかし、幸せな気分もひとときで、口の中のお菓子はお腹の中に収まってしまった。

「おいしいーって、勝手に人の口にものを突っ込んだらいけないんですよ」

「いらんことを言うからだ。それにしても、少しは黙るかと思えば、『烏羽玉《うばたま》』では継続時間が短い。カステラ一本くらい必要か」

「いやいや、言ってくれたら大人しくしておきますよ。それよりも、このお菓子おいしいですね」

先ほどの胡麻団子は、長崎県の北西部にある平戸《ひらど》という街で売っている品で、おやつ用に買ってきていたようだ。

「九州最古の菓子司《かしつかさ》、『平戸蔦屋《ひらどつたや》』の烏羽玉だ」

「歴史のある和菓子屋さんなんですね」

その昔、平戸藩主《はんしゅ》、松浦《まつうら》家のお殿様は茶道に精通していた。流派を興し、特別な行事には新茶を臼《うす》で挽《ひ》き、客人に振る舞っていたとか。なんという雅《みやび》なお殿様なのか。

松浦家のお殿様は茶道好きが高じて、平戸にある二軒の和菓子屋に百種類ものお菓子を作らせた。職人が書き綴った『百菓之図《ひゃくかのず》』という書物が残っているらしい。烏羽玉も当時のお菓子を再現したものなんだとか。

「南蛮《なんばん》貿易といえば出島を思い浮かべるが、室町時代に南蛮船がやって来たのは平戸が最初だ」

「そうなんですね」

平戸が最初だったとは。出島にあったことで有名なオランダ商館も、平戸から移転したものらしい。知らなかった。

シュガーロードの始まりとなった平戸では、独自の菓子文化が築かれた。中でも、博識多才だった当時の平戸を領した藩主が、御用菓子職人に命じて作らせたのがこの烏羽玉。『和三盆《わさんぼん》』という特別な砂糖を使って作るのだと、オーナーは教えてくれた。

和三盆とは、名前の由来となった「盆の上で三回研《と》ぐ」ことからもわかるように、雑味を取り除き、練り上げられた最上級の砂糖だ。主に、高級和菓子に用いられる。

和三盆をはじめとする厳選された材料と、職人の技術が集結した烏羽玉は絶品だ。

「伝統菓子、烏羽玉、素晴らしい。……でも、もったいないですね」

長崎のお菓子はこんなにもおいしいのに、お客様の口に入らないのだ。

はぁと盛大なため息を吐き、ぐったりと椅子の背に体を預ける。

どうにかしてお客様を呼びたい。これでは給料泥棒のようで、私のストレスがマッハで溜まる。原因はオーナーの無茶なコンセプトのせいだけれどせめて、他の場所に看板を出して観光客にアピールとか――。

「観光客といえば、そうそう。オーナー、この前話したニコラ、覚えていますか？」

「魚ソースの？」

「そうです」

先日、連絡が届いたのだ。アイスクリームに刺身醤油をかけたら、「プリンのカラメルのようでとてもおいしかった」とのこと。よかった、イギリスでも食べられる方法があって。それから、日本文化に興味が湧いたので、友達になってほしいとも言われた。イギリスに友人ができるなんて、とても嬉しい。

そんな話をしていると、カランカランと扉に付けた鈴の鳴る音が聞こえた。同時に、「こんばんは」という男性の声も。

「い、今、扉が開いた音と、こんばんはって聞こえましたよね!?」

「確かに聞こえた」

私はオーナーの顔を見て、すっと立ち上がる。

「お客様⁉」

「お迎えに行きますね！」

返事を待たずに、私は玄関に向かって走った。

そこにいたのは、髪を七三に整えた、スーツ姿の男性。年はオーナーと同じくらいか。目が細くて、ちょっと狐《きつね》っぽい印象がある。

バイトを始めて最初のお客様。張り切りつつ、できるだけ笑顔を意識して、お出迎えをしよう。

「こんばんは、いらっしゃいませ」

声をかけると、男性は「よかった」と笑顔を見せる。どうやら本当にお店なのか、さらに、営業をしているのか、恐るおそる入ったらしい。その気持ち、よくわかる。すでに却下されているけれど、お客様が入りやすいよう、チラシを配布したり、外の灯りを増やしたりしてほしい。本当に。

お客様を奥の部屋へと案内する。本日のメニューは口砂香と、浅目に焙煎《ロースト》したコーヒー。ひとつしかないと説明すると、笑顔でそれをお願いしますと言ってくれた。

男性はきょろきょろと辺りを見渡し、私のほうを見てにっこりと笑いながらお店の感想を述べる。

「メニューがひとつって、面白いお店ですね」

「はい。オーナーのこだわりなんです」

それから少しだけ、男性客と話をする。どうやら銀行の営業の方で、突然の雨に避難するように、ここまでやって来たようだ。

「実は、東京の本店からこちらに来たばかりで。長崎は本当に雨ばかりですね」

「ええ、びっくりしますよね。私も折りたたみ傘、毎日鞄に入れています」

営業職の常なのか、話を盛り上げるのがお上手で、ついつい話が弾んでしまった。

奥からカタリと物音。そちらを見ると不機嫌顔のオーナーが、腕を組んで仁王立《におうだ》ちしていた。

「注文が入ったのなら、早く用意しろ」

「りょ、了解デス」

初めてのお客様が嬉しくて、我を失っていた。給料分しっかり働かなければと思い、軽くお辞儀《じぎ》をしてキッチンへ。コーヒーを淹れて、花結び柄のお皿に口砂香をピラミッド状に積んでティーワゴンに置く。

お客様のもとへ戻ると、今度はオーナーと何かを話していた。あの絡みにくいオーナーと会話が続くなんて、営業職の人ってすごすぎる！

「お待たせいたしました。本日のメニュー、『口砂香』と『コーヒー』でございます」

「ありがとうございます」

男性に口砂香は甘いかもと思い、コーヒーはブラックを推奨した。

営業のお兄さんはおしぼりで手を拭い、口砂香を口の中へと放り込む。想像と違う味わいだからか、目を見開いていた。

「これ、面白いですね。落雁かと思いましたが、違うような？」

「ええ、そうなんです」

オーナーの顔を見たけれど、口はぎゅっと結ばれたままだった。視線で「お前が説明しろ」と言われているような気がしたので、さきほど聞いた言葉をそっくりそのままお伝えした。

「なるほど、長崎の伝統菓子でしたか！」

長崎といえばカステラしか思い浮かばないので、勉強になったと言ってくれた。見た目も綺麗なので、お土産にもいいかもしれないと呟いている。

「長崎ネタ、助かります。今度、取引先での話題作りに使ってみますね」

「それは是非！」

口砂香はそれほどメジャーなお菓子ではないらしいので、もしかしたら、長崎の人も知らないかも。

「長崎ネタといえば、今日、面白いものを見つけまして」

それはグラバー園に続く、お土産屋さんの街道で発見した神社。

「なんと、カステラ大明神です」

「カ、カステラの、神様？」

お兄さんは笑いを堪《こら》えつつ、頷いていた。なんでも、甘いカステラにちなんで、恋愛成就《じょうじゅ》の御利益《ごりやく》があるとか。ちょっと興味が湧いてしまう。

「オーナー、カステラ大明神ですって。ご存じでした？」

顔を顰め、はぁとため息を吐くオーナー。神社の話で盛り上がっていたのは、私と営業のお兄さんだけみたいだ。

「オーナーさんも、今度一緒に行きましょうよ！　楽しそうじゃないですか？」

笑顔でグイグイ誘う営業のお兄さんに、オーナーは冷たく応じる。

「……しゃーしい」

「あれ、それ長崎の方言ですか？　どんな意味なんでしょう？」

お兄さんがオーナーに質問する。

なんか言葉の響きだけの印象だと、お客様に言っていい言葉ではないような気がする。お兄さんも意味が気になったのか、スマホで意味を調べていた。そして、ぶはっと噴き出す。

「すみません、失礼なお言葉でしたか？」

オーナーの代わりに謝る。スマホの画面を見せてもらうと、そこには「しゃーしい」は「うるさい」という意味だと書かれてあった。

さらにその下には、さきほどオーナーが言った「せからしか」が。これも、「うるさい」とか、「やかましい」とか、そういう意味らしい。

がっくりと、肩を落としつつ、恨みがましくオーナーのほうを見たが、完全に部外者の顔をしていた。代わりに再度、謝ることに。

「いえいえ、大丈夫です。馴れ馴れしく誘った私が悪いので」

「本当に、申し訳ありません……」

もう二度と来てくれないかも、と思ったけれど――。

「ここは、長崎のお菓子を日替わりで出しているのでしょうか？」

「ええ、そう、ですよね？」

オーナーの顔を見つつ確認する。そうだと頷くオーナー。

「えーっと、はい！」

「なるほど。いいですね。こだわりのカフェ。失礼ながら、店名をお聞きしても？」

「はい、『Café　小夜時雨』と申します」

ついでに特殊な営業体制についても伝えておいた。

「雨の降る夜、また、シビアな条件ですね」

「そうですね。おそらく、静かな時間をお過ごしになれるかと。雨が降った夜には、是非ともお立ち寄りくださいませ」

「わかりました。必ず再訪しますので」

おお、常連さん候補が！　嬉しくてオーナーの顔を見たら、不機嫌な顔のままだった。話は弾んでいたように見えたけれど。はて？

やっぱりその顔、接客向きじゃないですよ。……これまで、よくやってきたなぁ。


本日も雨。「営業中」の札を持ち、傘をさして門にかけに行くと、男性の人影が。

「いらっしゃいませ――あ、飯田《いいだ》さん」

「日高さん、こんばんはー」

お店の門の前に立っていたのは営業のお兄さんこと、銀行営業マンの飯田さんだった。あれから、雨の日は必ずと言っていいほど店に寄ってくれる。常連さんだ。

「すみません、もしかして、待たれました？」

「いえー。今、来たばかりです」

「だったらよかったです」

雨の勢いが急に強くなったので、すぐさまお店の中へ案内する。

本日のメニューは、チョコレートのカステラと渋い緑茶。飯田さんが空腹だと言っていた旨《むね》をオーナーに伝えると、分厚く切ったカステラを二切れ、お皿に載せていた。

飯田さんは甘党なので、きっと喜んでくれるだろう。

こういう部分に、オーナーの優しさが垣間《かいま》見えるのだ。

さっそく、飯田さんへカステラを持って行く。

「うわー、チョコレートのカステラ、初めて食べます」

飯田さんは嬉しそうに言いながら、フォークをカステラに滑らせていた。

「うん、おいしい」

思わず「ですよねー」と返したくなった。

オーナーの知り合いの菓子職人特製の焼き菓子は絶品。開店前に試食させてもらったが、皮部分の中双糖のザクザクとした触感とふんわりとした生地、濃厚なチョコレートの風味が口の中を楽しませてくれる。飯田さんは食べながらしみじみ語り始めた。

「カステラ、大好きでたまに食べたくなるんですけれど、一人暮らしで一本消費するのがなかなか厳しいなと思ってしまって」

「すごくわかります！」

スーパーとかコンビニとかに、食べきりサイズが売っているけれど、やっぱり熟練の職人が作るこだわりの味には勝てない。もちろん、素朴な味のカステラも好きだけど、たまに贅沢な味わいのカステラが恋しくなるのだ。

「カステラはポルトガルのお菓子でしたっけ？」

「と、思いますよね。実は違うんです」

驚くべきことに、カステラはポルトガルのお菓子ではない。カステラが生まれたのは十五世紀末、スペインの前身であるカスティーリア王国。そこからやって来たお菓子という意味で、カステラと呼ばれるようになったとか。当時は外国でもビスケットなどの硬いお菓子しかなく、メレンゲを使ったカステラは画期的なものだったらしい。

「カスティーリアをポルトガル語の発音で読んだのがカステラで、これが語源であるというのが有力だそうです」

「他にも由来があるのですか？」

「はい、いくつか」

卵白を角が立つまで泡立て、その様子が城のように見えたことから「お城《キャスティーヨ》」のようなお菓子と呼ぶようになり、言いやすいように『かすていら』と表した、とか。

他にも、面白いなと思ったものもある。製造工程の中の卵白を泡立てる工程を、「空気を極限まで含ませよ」と説明した言葉、「バーテル・アス・クラークス・カステロ」

の最後の単語が日本人の耳に残り、そこからカステラと呼ばれるようになったとか。

「バーテル・アス・クラークス・カステロ、なんだか魔法の呪文みたいですね」

「かっこいいですよね。声に出して唱《とな》えたい感じがします」

シュガーロード研究の知識を披露《ひろう》し、飯田さんと盛り上がっていたら、オーナーがやって来る。手には藍色《あいいろ》の湯呑みを載せた盆。

「ああ、向井オーナー、こんばんは」

オーナーはいつもの無表情で「どうも」と返し、湯呑みを飯田さんの前に置く。梅昆布茶を淹れてきてくれたようだ。

「甘いもののあとにしょっぱいもの、たまりませんね」

一口啜《すす》り、ホッとしたように呟く飯田さん。疲れているのだろうか、いつもより表情に陰があるように見えた。オーナーも気付いたようで、どうかしたのかと訊ねる。

「明後日に重要なお取り引きがあるのですが、成立する可能性が低く、憂鬱で——」

飄々《ひょうひょう》としている飯田さんでも、こんな風になってしまうとは。学生の私でも、抱えているのが難問だとなんとなくわかる。聞いた話によると、数回取り引きを持ちかけている、誰も陥落できていない相手に会いに行かなければならないそうだ。

「私、長崎支店の営業不振が続いていたのを建て直すために、こちらに来たんです」

「栄転だったのか」

「実はそうなんです」

期待と責任を背負ってやって来ているので、失敗はできないと飯田さんは言う。

「手土産《みやげ》にカステラは単純すぎますよね？」

「長崎人にとって、カステラは特別な食べ物ではある。けれど、今までの人が持って行っているだろう」

「ですよね」

長崎らしい、少しでも会話が盛り上がるような品を贈りたいと飯田さんは言う。

何度取り引きを持ちかけても応じない相手。とても頑固な人なのか。そういう人の心を一日やそこらで解《ほぐ》すのは難しいだろうな、と思う。

オーナーも腕を組み、眉間に皺を寄せて考え込む。

私も及ばずながら記憶を辿ってみることにした。

長崎名物――「カステラ」「五三焼」、「よりより」に「シースケーキ」。

平戸蔦屋さんの「烏羽玉」は珍しくて喜ばれそうだと思ったけれど、平戸市まで買いに行く暇がないと、飯田さんは肩を落とす。

「……コンフェイトス」

「はい？」

謎の言葉を呟くオーナー。飯田さんが、それも南蛮菓子ですかと質問していた。

「三大南蛮菓子のひとつといわれている」

ひとつは言わずもがな、「カステラ」。もうひとつは、現在は佐賀の銘菓として有名な「丸ぼうろ」。そして最後のひとつ、「コンフェイトス」とは――。

「金平糖《こんぺいとう》のことだ」

コンフェイトスとは、ポルトガル語で『糖菓《とうか》』を意味する言葉らしい。小さな糖の粒を核として、糖衣を繰り返した角のある砂糖菓子、金平糖。

これも室町時代に伝わったものだとオーナーが教えてくれた。

「宣教師のルイス・フロイスが織田信長《おだのぶなが》に献上したお菓子とも伝えられている」

それも伝えたら、貰った方も嬉しいのではとオーナーは続ける。

「ダイアモンド《ギアマン》彫りの硝子《ガラス》壺に入った金平糖は、かの第六天魔王の心も掴んだ――のかもしれない」

「それは、素晴らしい！」

その昔、平戸に伝わった金平糖。作り方は一ミリにも満たない中双糖を、銅鑼《どら》と呼ばれる大きな釜《かま》に入れ、職人が糖蜜をかけながら、少しずつ形作っていく。小さなものなので二日、大きなもので二週間も完成までにかかる。職人の長年の技術と経験で、あのトゲトゲを作るのだとか。

オーナーの話を聞きながら、飯田さんの表情がだんだんと晴れていくのがわかった。

金平糖の有名店も、紹介してもらっている。

「まあ、重要なのは土産ではなく、自身の交渉力だが」

「もちろんです。ですが、金平糖に勇気づけられました」

さっそく、明日にでも買いに行くと決心を表明する飯田さん。オーナーは「健闘を祈っている」と、珍しく親身《しんみ》なことを言う。いったいどうしたのか。心境に変化があったのならば、嬉しいけれど……。

考えごとをしている間に、飯田さんは帰る準備を終えていた。

「今日はありがとうございました。カステラはおいしかったですし、貴重なお話も聞けて、本当にここに来てよかったです」

深々と頭を下げ、また来ますと笑顔で言ってくれた。後日、結果を報告しますとも。

「それでは、また」

「はい。またのご来店を、お待ちしております」

来店する時とはすっかり変わって元気な様子で手を振る飯田さんを、オーナーと二人で門まで見送る。

雨はいつの間にか止み、それに気付いたのと同時に『Café　小夜時雨』は営業を終了させた。

翌日、諒子ちゃんと中華街に出かけた。一回行ってみたかったのだ。

長崎の中華街といえば、二月に開催されるランタンフェスティバルだろう。中国の旧正月を祝う行事で、開催期間中は一万五千基あまりの極彩色の中国提灯《ランタン》や、神様のオブジェ、皇帝に扮した有名人がパレードを行うなど、街中が幻想的な雰囲気になる催《もよお》しらしい。

だが、地元民《じもとみん》の諒子ちゃん曰く、想像を絶する人混みで、軽い気持ちで行ってはならないとのこと。その言葉、心に留めておこう。

今日の目的は卓袱料理の中のひとつを食べること。以前、誘った時はきっぱり断られた卓袱料理だけど、気軽に食べられるものがあると誘ってくれたのだ。なんだかんだ言いながらも、面倒見がいい諒子ちゃんである。

ルンルン気分で待ち合わせの長崎駅から正覚寺《しょうかくじ》行きの路面電車に乗り、築町《つきまち》電停で下車。徒歩二分ほどで中華街に到着。

「——おお！」

初めて来る長崎中華街。横浜の中華街とは空気感が違う。長崎の中華街は石畳が敷き詰められて、異国情緒たっぷりだ。

「横浜中華街とはずいぶん雰囲気が違うかも」

「観光客はあまりの規模の小ささに、びっくりするんだって」

「うん……まぁ、そうかな」

確かに、長崎の中華街の通りは狭く、全体的な規模もささやかなものだ。

でも、その歴史は日本にある中華街の中で最も古い。

東西南北に広がる二百五十メートルほどの十字路には、中華料理、中華菓子、中華雑貨屋など約四十軒のお店が並んでいる。敷き詰められた石畳は、姉妹都市である福建省の協力で造られたらしい。

「そっか。長崎の中華街は長崎の文化を取り入れた中華街なんだ」

「そうだね。メニューにちゃんぽんと皿うどんは必ずあるし、他の中華街とはちょっと違うかも」

長崎の中華街とは、和華蘭文化の詰まった場所なのだ。

というのも、南蛮貿易が始まった当初、日本側は外国人への対応に慣れておらず、取り引きもままならなかったらしい。そんな中で、日本と外国人との間に入って取り持ってくれたのが、華僑《かきょう》――異国文化に慣れ親しんだ中国人の存在だった。

中国との貿易が一番盛んだったころの長崎には、一万人の中国人が唐人屋敷と呼ばれる住居地区に集められていたとか。当時の長崎全体の人口は六～七万。かなりの割合だったことが窺《うかが》える。

時代は流れ、鎖国政策の放棄により長崎港は開放され、唐人《とうじん》屋敷も廃止となる。その後、長崎に住んでいた中国人が商売を始め、料理屋や土産物店が軒《のき》を連ねる場所を、「長崎新地中華街」と呼ぶようになった。

「へぇ、乙ちゃん物知りだねえ」

「まぁね」

学校の郷土研究に使えたらと思い、調べたことだった。こうして、中華街に実際に立って学んだ知識と現場の風景が重なる瞬間は、ちょっと鳥肌が立ってしまう。

「あ、あったあれ！」

諒子ちゃんは店の前にある露店に駆けていく。卓袱料理を売る店を発見したらしい。

「すみません、ふたつください」

諒子ちゃんの背後から覗き込む。

何やら、細長い揚げ物が並んでいる。味は海老と豚挽肉《ひきにく》、イカがあるらしい。

「ふたつとも海老で」

「はい、乙ちゃん」

私に聞く前に、海老を注文する諒子ちゃん。その理由はあとで発覚する。

「ありがとう。これは？」

「卓袱料理のひとつ、『ハトシ』だよ」

これが、ハトシ。見た目はジャンクフードな雰囲気だが、はてさて。歩きながら、齧り付く。

「ん、おお、これは……！」

ハトシは海老のすり身を食パンで包み、揚げた食べ物だった。揚げたパンは噛めばカリッと、中の海老のすり身はプリップリ！　すり身にコクのあるマヨネーズっぽい味が付いているので、何も付けなくてもおいしい。調べたら、玉素《たまもと》という、マヨネーズから酸味を抜いた調味料が使われているらしい。

「でも、なんで海老一択《いったく》だったの？」

「ハトシは、中国語でむしへんの『蝦《えび》』に、トーストを示す『吐司《とし》』と書くの。だから、挽き肉とかイカは邪道。おいしいけどね」

「なるほど。さすが、地元民！」

ハトシの謎が解明される。

「横浜中華街では甘栗をごり押ししているイメージなんだけど、長崎は違うんだね」

「ふうん。そうなんだ」

「歩いていると、甘栗の試食を貰えるんだよ」

長崎では甘栗ではなく、「よりより」を推《お》しているようだ。山のように積んでいるお店もある。

「あ、やわらかい『よりより』発見！」

この前、オーナーに教えてもらって以来、気になっていたのだ。

「やわらかい『よりより』を買うなんて、乙ちゃんお婆ちゃんみたい」

「いや、興味本位と言いますか」

自分の分ひと袋と、お土産にオーナーの分も購入した。

卓袱料理のハトシも食べたし、歴史ある眺めも堪能した。「よりより」も買ったし、大満足である。

「長崎の中華街もいいね」

「そう言ってもらえてよかった」

諒子ちゃんはにっこりと微笑みながら言う。

「横浜、長崎と行ったら、今度は神戸の中華街も行ってみたくなるね。いつか制覇《せいは》したいな」

「だったら乙ちゃん、卒業旅行にしようよ！」

「いいねー」

神戸の中華街はどんな感じなんだろう。今から楽しみでワクワクする。「そういえば、長崎の中華街はね、ランタンフェスティバル以外の催しもあるんだよ」

「なんですと⁉」

「お月見の中秋節《ちゅうしゅうせつ》っていう、月に見立てたランタンを飾るお祭りなんだけど」

「ええー、気になる！」

開催期間は中華街にランタンが千個も吊されるらしい。九月開催らしいので、是非とも行ってみたい。

「諒子ちゃん、一緒に行こうね！」

「ええー。人が多いしやだ」

がーん。

彼氏を作って一緒に行けばいいと言われたけれど、九月までに作るのはたぶん無理だよ……。

今日も諒子ちゃんはつれないのでした。

急に午後から休講となったため、家に帰っていた。お風呂に入って早めに寝ようと思っていたところに、突然雨が降り出したので、慌てて『Café　小夜時雨《さよしぐれ》』に向かう。お店の営業時間は、夜雨が降ってから日付が変わるまで。遅い時間は強制ではないけど路面電車が動いている時間ならば、できるだけ出勤しようと思っている。正直面倒だ。けれど、最近雨が降らなかったので、心もとない懐事情からすると、恵みの雨ともいえるかもしれない。

もうひとつバイトを増やそうかなとも考えていた。でも、『小夜時雨』での仕事が不定期なので、両立は難しいかなと思ったりもしている。でもまぁ、じっくり勉強をする時間もとりやすいし、大学生活一年目はのんびりやっていくのもいいのかも。

マンションから徒歩十分ほどの場所に、路面電車の乗り場がある。そこから乗車し、市民病院前で降りて、雨が叩き付けるオランダ坂の石畳を上っていく。

ぼんやりと灯りが点く『Café　小夜時雨』を見ると少しだけホッとする。理由はここまで来てバイトなし⁉　なのか、それともお金稼げる！　なのか、自分でもよくわからない。イケメンなオーナーに会える！　ではないことは確か。たぶん。

坂を上り、『小夜時雨』に到着すると――おっ、先客。

「久しぶりだねー」

裏口の外に置かれたマットの上にブチ猫が。話しかけたけれど、ぷいっとそっぽを向かれる。愛想がないのは相変わらず。

服に付いた水分をハンカチで拭っていると、扉から向井オーナーが現れた。

「あ、オーナーもお久しぶりです」

「も？」

足元にいるブチ猫を指差す。

「ああ、こいつか」

どうやら、顔見知りの模様。

「この子、名前はあるんですか？」

「野良だからないだろう」

「名前、付けてもいいですか？」

「俺の猫じゃない」

では、愛称ということで。実は、ずっと考えていたのだ。

「鍵尻尾にちなんで、キーちゃんです」

いい名前だと思っていたのに、オーナーの反応は薄い。無表情だった。やっぱり、猫っぽい。気を取り直し、ブチ猫のキーの前に座り込んだ。

「――というわけで、キーちゃん、よろしくね！」

キーちゃんは立ち上がり、鍵尻尾を揺らすと「にゃー」と鳴いてどこかに行ってしまった。ついでにオーナーもいなくなる。

「あ、待ってくださーい」

つれないお二方なのでした。


すでにお店はオープンしているけど、いつものとおりお客様はいないので、のんびりとミーティングを始める。この時にお菓子や飲み物の説明を聞いておくのだ。今日のメニューだと机の上に置かれたのは、丸くスライスされた薄茶色のお餅のようなもの。

「こちらは――？」

「唐灰汁《とうあく》ちまきだ」

「ちまき、ですか」

お餅ではなかった。ちまきとな。なんでも、長崎のちまきは甘いらしい。

唐灰汁ちまきとは、五月の端午《たんご》の節句に食べられている、長崎県の伝統的なお菓子。オーナーの説明によれば、「唐灰汁」は炭酸ナトリウム、炭酸カリウムを混ぜて作った混合炭酸塩で、生地に弾力と独特な風味を付けるものを示す。それを水に溶いて餅米を浸し、木綿《もめん》布に包んで煮込めば完成するお菓子だとか。

「ちまきは葉などに包んで作るが、唐灰汁ちまきは布に包んで作る。貿易で輸入した木綿があった長崎だからこそ、作られたお菓子だろう」

「なるほど。興味深いお話です」

唐灰汁はかの有名な、ちゃんぽんの麺にも使われているとのこと。ラーメンの麺を作る時に使うかん水と似たようなものだけど、配合が違うとオーナーは話す。

そんな長崎独自の唐灰汁を使ったちまきは、中国から伝わったもので、その昔は塩湖から湧き出た天然塩を水に溶かしたもので作っていたらしい。

「灰汁を使った食べ物、ですか……。長崎の不思議文化ですね」

「灰汁を使った料理を作るのは長崎だけではない」

なんと沖縄にも、灰汁を使って作る料理があるとか。

「なんだと思う？」

「うーん、チャンプルー？」

なんとなく、知っている沖縄料理を挙げただけだったが、当然ながら不正解。正解は――沖縄そば。

「沖縄そばは植物性の灰汁を使って作る」

かつては、砂糖キビの粕《かす》や、ガジュマルの木の灰を使って灰汁を作っていたらしい。

灰汁を使って作る料理とはいったいどんなものなのか。説明を聞いていけばいくほど、「おいしいの、それ？」と聞きたくなった。

しかし、オーナーが黄土色の唐灰汁ちまきにきな粉をかけ、上から黒蜜をたらすと、魅惑的なスイーツに見えてしまうのが不思議だ。ちなみに、砂糖は不使用とのこと。素材の味を楽しむお菓子らしい。

「これで食べやすくなるだろう」

「なるほど！」

ちなみに、唐灰汁には胃の中で油を中和させる効果があるそうだ。中華料理のデザートや飲み会のシメにぴったりな一品だと思った。

ケトルで湯を沸かし、オーナーに習った方法で中国茶を淹れる。茶器は日本のものと大きく異なり、淹れるまでに結構な手間がかかる。

まずは茶壺《チャフー》と呼ばれる急須《きゅうす》に沸いた湯を注いで温め、そのお湯を茶海《チャカイ》や茶杯《チャハイ》、聞香《モウコウ》杯《ハイ》と呼ばれる器へと移してすべてを温めておく。

次に茶壺を桶《おけ》の中に置き、適量の茶葉を入れる。茶壺に勢いよく熱湯を注ぐと、水面に灰汁のような泡が浮かぶので、和菓子を食べる串のようなものでサッと取り除いた。蓋をするとお茶が溢れてくるけれど、桶の中に置いているので問題なし。その後、茶壺にドバドバと湯をかける。茶葉の成分が抽出《ちゅうしゅつ》されたら、器内のお湯を桶に捨てて、茶海に茶壺からのお茶を注ぐ。最後に、茶海から聞香杯という細長い器に注ぎ入れ、上に蓋をするように茶杯――お茶を飲むための小さな器を重ねた。

ここからが緊張の瞬間。

重ねた聞香杯と茶杯を上下にひっくり返さなければならないのだ。勇気を出し、えいやっと器を逆転させる。ひっくり返しても、お茶は零《こぼ》れてこない。成功だ。最初にやれと言われた時は、本当にドキドキした。けれど、だんだんと上手くなってきている……ような気がする。

これにて、中国茶の準備は完了。オーナーの前にお茶を差し出す。

「粗茶ですが」

「これは宮廷プーアル茶と呼ばれる品だ」

「おっと、失礼しました。粗茶じゃないですね」

プーアル茶は暗褐色《あんかっしょく》が特徴の、黒茶の一種。

中国茶にはさまざまな種類の茶葉があり、炒《い》って乾燥させる「緑茶」、日光にさらして作る「白茶」、烏龍茶でお馴染みの半発酵の「青茶」、しっかり発酵させる「紅茶」に、細菌発酵の「黄茶」、酸化発酵と細菌発酵の合わせ技の「黒茶」などがある。

さっそく、温かいうちに宮廷プーアル茶とやらを堪能させていただく。

まずは蓋になっている聞香杯を左手に取った。中国茶はお茶の香りを楽しむことから始める。専門用語的には、「香りを聞く」というらしい。

聞香杯を鼻先に近づけて右手で杯の上部を軽く覆い、お茶の爽《さわ》やかな香りをめいっぱい吸い込んだ。まさに至福の時である。

そして、茶杯からプーアル茶を一口。苦味や渋みは少なく、驚くほどまろやかで、飲みやすい。これが、宮廷人の愛した味なのかと感動を覚えた。

そして、お茶の風味が残っているうちに、唐灰汁ちまきを一口。

「これは……えっと、はい」

どういう風に表現をすればいいのか。ちょっと癖があるというか、なんというか。黒蜜の甘味の中に苦味と独特な香りもあって、うーん。

「なんでしょう。個性溢れる味と言いますか……」

「無理するな。食べ慣れていないと厳しいのはわかっている」

と言いつつオーナーは好物らしく、あっという間に三切れ食べていた。

「ちょっと待ってろ」

オーナーは部屋から出て行き、数分後に戻って来る。手にはお皿があり、中には琥《こ》珀《はく》色の液体が入っている。

「そちらは？」

「みたらし団子に使うタレを作ってみた」

なるほど。癖のある唐灰汁ちまきも、みたらし団子のタレに付けたら食べやすくなるかも？　さっそく、付けて食べてみたが――。

「えっ、甘っ！」

みたらし団子のタレが、信じられないくらい甘かったのだ。

九州の醤油はお砂糖が入っている。ただでさえ甘いのに、そのうえ、砂糖を入れて煮詰めて作ってくれたらしい。

「別に、これくらい普通だろう」

「悶絶するほど甘いです！」

そう主張すると、オーナーはぷっと噴き出し、しまいには声を上げて笑い出す。

「もしかして、わざとですか？」

「違う。ごく普通の、長崎人の味覚で、作っただけだ」

「だったら、いいですけれど」

ちょっと悔しい気分になった。けれど、ふと気付く。オーナーの笑顔を見たのは初めてだったような。お腹を抱えて微笑む様子は近寄りがたさはなくなって、ちょっと可愛い。じっと眺めていたら、無表情に戻って、「なんだ？」と返されてしまった。

「笑顔が可愛いですね」と言えば、また不機嫌面になることがわかっていたので、なんでもないと首を横に振って、ちまきに手を伸ばす。

「無理して食べなくてもいい」

「いや、最初は微妙だなーって思っていたのですが」

食べているうちに、モチモチの触感と独特な風味が癖になっているような？　もうちょっと食べたらハマるような？　そんな気がしてならない、不思議な食べ物だった。

残っていたプーアル茶を飲み干す。最後に器を眺め、ほうとため息。

「それにしても、このお店で使われる陶器、素敵な品ばかりですね」

赤や青の花模様が描かれ、渋い絵柄がちりばめられた器はどれも繊細で美しい。

「眺めていたら、私も欲しくなってきました」

実家にあるお気に入りの食器類は割れるのが怖くて、現地調達すればいいと思い、長崎には持ってこなかった。とりあえず今は百均で適当に見繕《みつくろ》ったものを使っている。

せっかく焼き物が有名な九州にいるので、いい品を買ってみたいなとも考えていた。

「このカップなんか、特に素敵ですよねー」

「お目が高いな」

「？」

「それは鍋島《なべしま》焼だ」

「なべしまやき？」

焼き物といえば有田《ありた》焼しか知らない。他にもいろいろあるのかと聞けば、そうだとオーナーは答える。

「鍋島焼はかつて朝廷や将軍家に献上をしていた品で、最高級の磁器といわれている」

私は手にしていたカップを、そっと丁寧に机の上に置いた。

店の食器にどの程度鍋島焼が含まれるのかと聞くと、「ほとんどがそうだ」と答えるオーナー。なんでも、窯元《かまもと》から直接買い付けた品々らしい。

……まったく知らなかった。食器を洗う時に、手が震えそうだ。

「私には、雲の上の存在ですね」

「手頃な値段の陶磁器が欲しいのならば、波佐見《はさみ》に行けばいい。有田は人が多い」

「波佐見、ですか」

「ああ。長崎の波佐見町で行われる陶器市《いち》なんだが」

長崎にも波佐見焼というものがあるとか。知らなかった。

波佐見焼は大衆向けの食器として特化し、一気に広まったらしい。お値段も安めで、庶民に優しいとのこと。

「いいですね、行ってみたいです！」

「確か、駅からバスが出ているはずだ。若い人はほとんどいないはずだがな」

「あ、そうなんですね」

ちょっぴり嫌な予感がする。これは卓袱料理に続き、友人を誘っても来てくれなさそうな気がした。眉間に皺を寄せ、渋面を浮かべていると、オーナーが思いがけない提案をしてくれる。

「……連れて行ってやろうか？」

「ほ、本当ですか⁉」

「まあ、五月の連休は手が空いている日も、あるにはあるし」

「わーい、ありがとうございます！　嬉しいです！」

一人で行くのもなんだか寂しいなと思っていたところに、まさかのお誘いが！　その場で「連れて行ってください」とお願いをする。予定日は明後日となった。

「では、朝の八時くらいに長崎駅に集合にします？」

「電車で行くのか？」

「はい」

「車で行こうと思っていたんだが」

「混みそうじゃないですか？」

「まあ、確かに」

陶器市の最寄り駅からはバスで約三十分、とそこそこ離れているらしいけど、長時間渋滞にハマっているよりはいいだろうと思った。

「楽しみにしていますね！」

「過度な期待は禁物」

「了解です」

　こうして、私とオーナーは陶器市に行くことになった。

「あ、そうだ、オーナー、メルアド交換しましょう」

　今まで電話でやりとりをしていたけれど、細かな連絡はメールのほうがいいかなと思って聞いてみる。オーナーは嫌そうな顔を浮かべながら、ポケットを探っている。

　心を抉《えぐ》るような表情については、もう慣れたので気にしない。取り出されたのは、ふたつ折りの黒い携帯電話だった。

「あ、ガラケーですか。今時珍しいですね」

「いいから早くアドレスを教えろ」

「スマホとガラケーって赤外線できましたっけ？　スマホって赤外線あったかな？」

　オーナーは明後日の方向を見ている。これはわからないということだな。仕方がないので、メールアドレスを見せてほしいとお願いした。それを写真に撮って、あとで登録しよう。オーナーは自分のプロフィール画面を開き、私に示してくれた。

『yohko.s-＊＊0728＊＊@＊＊＊.＊＊jp』

　メルアドを意外に思う。オーナーは彼女さんの名前？　をアドレスにしていた。

「あ、あのー」

「なんだ?」

「私、本当に一緒にお出かけしてもいいのでしょうか?」

「なぜ?」

「だって……」

彼女さんからしたら、彼氏が小娘の引率《いんそつ》とはいえ、他の女の人と出かけるというのは、微妙な気分になるのでは……? 男性とお付き合いをしたことがないので、その辺の感情はよくわからないけれど。

「そのアドレス、彼女さんの名前ですよね」

指摘した瞬間、オーナーはぎょっとして、酷く焦ったような顔で素早く携帯電話を折りたたみ、ポケットにしまう。代わりに、別のポケットからスマホが出てくる。

「さっきのは——仕事用だ……」

「あ、お仕事用とプライベートの二台持ちなんですね」

「いや……まあ……そういうこと、だ」

オーナーはよほど彼女さんについて知られたくないのか、もごもごと聞き取れない声で口ごもっている。本当に大丈夫なのかと重ねて聞くと、気にするなときっぱり。

ちなみに、スマホのメルアドは、オーナーの本名だけのシンプルなものだった。

本日は晴天！　素晴らしい陶器市日和《びより》だ。約束は長崎駅に八時。その五分前に乗車券売機の前に辿り着く。オーナーは、すでに到着していた。

が、非常に近寄りがたい。オーナーは、すでに到着していた。

らだった。服装自体はシャツにカーディガン、ズボンとシンプルなのに、なんだろうか、この人混みでひときわ輝くあのイケメンオーラは。

通りすがりの観光客も、オーナーの姿を見てキャッキャと盛り上がっている。

一方私は、陶器市の定番服、薄手のパーカーにジーンズ、スニーカーにリュックサック。軍手もしっかり用意している。正直かなりダサい。

でも、この組み合わせが陶器市で動きやすい最強の服装だとホームページに書いてあった。しかしこんな姿では、オシャレ&イケメンオーナーに近づけない。

どうしようかと絶望していたら、見つかってしまった。ズンズンと近寄って来るオーナーに、思わず背を向けてしまう。

「おい、遅刻だ」

「す、すみませんー」

声をかけようか躊躇《ためら》うこと五分。集合時間はとっくに過ぎていた。電車が出るというので、首根っこを掴まれた状態で改札に向かう。いくら死ぬほどダサい恰好をしているからといって、この扱いは酷すぎる。運賃を払うためにＩＣカードを取り出すと、オーナーが切符を手渡してくれた。どうやら私が来る前に買ってくれていたようだ。

「あ、すみません、あとで払いま――」

「いらん」

「どうも、ありがとうございます？」

「別に、今日は遊びではなく、仕事、だから」

「な、なるほど！」

喫茶店で使う食器も買うので、経費扱いにするから不要だと言われてしまった。どうやら、オーナーも目的があったらしい。プライベートなお出かけと思い込んでいたけれど、先日の彼女さんに対する気遣《きづか》いは無用だったのだ。勘違い女のようで、若干恥ずかしくなる。

「ボケっとするな」

「あ、はーい」

気を取り直して、電車に乗り込むことにした。

波佐見陶器市の最寄り駅まで向かうのは、海岸電車《シーサイドライナー》の名を持つ電車。長崎から諫早《いさはや》は街の中を走り、大村《おおむら》からは海沿いを走っていくのだ。

都会で暮らしていたら、海の近くを走る電車なんてなかなか乗る機会がない。思わず、窓の外に広がるキラキラと輝く海原に魅入ってしまう。そんな私を見てオーナーは「子どもじゃあるまいし」と呟く。まだ十代なので、子どもでいいんですよーだ。

ガタン、ガタンと線路の上を電車が走る中、オーナーが話しかけてくる。

「そういえば、陶器市と呼ばれているが、波佐見焼は陶器ではない」

「なんですと！」

「波佐見焼は磁器だ」

驚きの事実が発覚。

「そもそも、陶器と磁器の違いとは？」

「すべてが違う」

陶器の原料は陶土と呼ばれる粘土で、磁器は陶石を粉砕した石粉を主に使う。他に、器に光が透きとおるかとおらないとか、色合いとか、吸水性とか、一目瞭然で違うらしい。今まで、意識をしたことがなかった。

「もうひとつ、違いがある。現地でそれに気付いたら、好きな磁器を買ってやろう」

まさかの挑戦状が。なんだろう、もうひとつの違いとは。勘がよければ、陶器市の会場で気付くかもしれないとのこと。

長崎駅から快速列車に乗り、一時間ほどで陶器市の最寄りの駅に到着する。そこからバスに乗って、渋滞に巻き込まれつつ三十分ほどかけて会場に到着した。

「――おお！」

陶器市会場はお祭りのような雰囲気だった。磁器を売る露店の他に、焼き鳥にタコ焼き、林檎《りんご》飴、ソフトクリームなどの出店が並んでいる。公園みたいな広場に、大きな天幕《てんまく》が建てられ、多くの店が出店していた。規模は東京ドームと同じくらいか。周囲を見渡すと、客層は四十代から五十代が多いように思える。小さな子どもを連れた家族連れもそこそこ見かけた。

さっそく、お気に入りの磁器探しを始めることにする。もちろん、オーナーからの挑戦も忘れていない。陶器……じゃなくて磁器は山のようにワゴンに積み上げられていたり、敷物の上に丁寧に並べられていたりなど、陳列もさまざま。開催二日目だったけれど、すでに『すべて半額』や『値引きします』の札が掲げられていた。

長崎の磁器といえば、『小夜時雨』にあるような渋い柄ばかりと思い込んでいたけれど、思いのほか、鳥や猫など、動物をモチーフにした可愛い器も多く見受けられる。

「へえ、いいですね。目移りしちゃいます」

オーナーも波佐見の陶器市に初めて来たようで、若者向けに作られた陶器の数々に、驚いたと言っていた。

「でも、長崎っぽいといいますか、中華柄な焼き物は、お値段そこそこしますすねえ」

「一枚一枚、手描きだろうからな」

「ふうむ」

柄は手描きのものと、陶器用の転写シートを貼って作られるものがあるらしい。

「どちらも高い技術が必要で、職人の手によってひとつひとつ作られる」

「なるほど」

手描きと転写、どちらも魅力的だ。

今回の予算は総額三千円ほど。カップとお茶碗と湯呑みをひとつずつ、お皿が三枚くらい買えたらいいなと。

値段設定はさまざまだ。お茶碗三つで千円とか、今だけ半額とか。お店ごとに柄が異なり、自分のお気に入りを見つけるのはお宝探しのよう。

「何か、オススメというか、波佐見独自の特徴的なものはあるのでしょうか？」

「波佐見といえば白磁器と藍色の絵付けだから、それを買うといい」

「確かに、白地に青い模様は綺麗ですよね」

唐草《からくさ》模様のお茶碗に、イチョウ柄のお皿、鳥模様の湯呑み、水玉のお皿を購入した。

吟味《ぎんみ》に吟味を重ねたため、かなり時間を要してしまう。

一応、買い物しつつ陶器との違いを探してみたけれど、ぜんぜんわからなかった。皿の分厚さもさまざまで、色や絵に決まりがあるように見えない。形もいろいろだ。

「うーむ」

じっと磁器を眺めるけれど、わからないものはわからない。オーナーが隣で意地悪な微笑みを浮かべているのが、なんとも腹が立つ。

最後に、オーナーの買い付けが始まる。私が買い物をしている間にいろいろと目を付けていたのか、サクサクと決めていた。中にはこんな素敵なお皿があったのかと、羨ましくなったりもした。でも、そういう品はたいていお値段が張るものだった。私には手が届くはずもない。

すべてのお買い物が終わったのは午後二時半過ぎ。夢中で探していたら、こんな時間になっていた。思い出したかのように、お腹がぐぅと鳴る。

「なんだかお腹が空きましたね」

「車で来ていれば、ハンバーグ屋に連れて行ったんだがな」

「そ、そんな！」

ここに来る途中にシチューパイとハンバーグがおいしい店があったとか。サクサクシチューパイに、肉汁《にくじゅう》溢れるハンバーグ。なんとも心惹《ひ》かれるメニューだった。オーナーのお勧めなら、絶対においしいはず……無念。でもでも、ここに来るまですごい渋滞だったので、電車で来て正解なのは間違いなし。この周辺に飲食店はないとオーナーは言うが、諦めない私は周囲を見渡し、あるものを発見する。

「あ、オーナー、うどん食べましょうよ」

「うどん？」

陶器市の一角に、カレーやうどんなどの食べ物を販売している場所があった。その中で、五島《ごとう》うどんののぼりを発見し、オーナーに食べようと誘ってみる。

五島うどんというのは、長崎県にある離島の名物のひとつ。五島出身の友達がいて、うどんを勧めてもらったことがあったのだ。

「五島うどん、ずっと気になっていたんですよ」

「この暑い中、うどん……」

「いいじゃないですか」

五月といえども、陽が照っているのでなかなか暑い。けれど気にせずにオーナーの手をぐいぐい引き、わかめうどんをふたつ購入する。セルフサービスのようで、注文後すぐにうどんの載った盆が手渡された。席に着いて、さっそくいただくことにする。

「うわ、スープが薄い！」

うどんのお出汁《だし》は透きとおっていた。普段実家で食べていたものは、麺が見えないほど濃い色合いなので驚いてしまう。そんな私にオーナーは、関東のスープが濃すぎるだけだとつっこんでくる。

そんなことはさておいて、ドキドキしながらスープを啜った。

「不思議ー！」

見た目は薄味っぽいのに、しっかり出汁が利いていた。こちらでは『あご』と呼ばれるトビウオを使っているとか。旨味とコクが強い。麺は普通のうどんよりもかなり細くて、滑《なめ》らかな触感。加えて、ツルツルとした喉越しがある。うどんとそうめんの間くらいといえばわかりやすいのか。

あまりのおいしさに、自然と笑みが浮かぶ。大満足のうどんであった。

「なんか、上品な味わいのうどんですね」

「手延べにする時に、椿《つばき》油を使っているらしいから、そう感じるのかもしれない」

「へえ、そうなのですね」

持ち帰り用の乾麺《かんめん》があったので、購入する。家に帰り、買った器を使ってうどんを食べるのもいい。そんなワクワク気分の私に、オーナーが釘《くぎ》を刺す。

「炭水化物ばかり食っていると、太る」

この時ばかりは、オーナーを力の限り睨みつけてしまった。

目的の品は買った。おいしいうどんも食べた。あとは帰るだけ——かと思っていたら、私はうどんに夢中で、あることを忘れていたのだ。

「あ、磁器と陶器の違い……！」

結局、見て回る中では気付かなかった。一応、可能性が一番高いものを言ってみる。

「えーっと、歴史の違い？」

「確かに陶器と磁器の歴史は違うが、ここでの正解ではない」

考えてもわからなかったので、早々に降参した。オーナーは鞄の中より、新聞紙で包まれたカップを取り出す。扇模様《おうぎ》の渋いカップを私の前に差し出し、指先で弾《はじ》けと言うのだ。

「え、指で弾くって」

「いいからしてみろ」

意図がわからないけれど、カップを人差し指で弾いた。すると、「リィン」という澄んだ音が鳴った。

「わ、綺麗」

「これが磁器の特徴だ」

陶器は叩いても鈍《にぶ》く低い音しか出ないらしい。すごい。こんな違いがあるなんて。

「長崎の三川内《みかわち》焼、佐賀の鍋島焼、伊万里《いまり》、有田なども磁器。唐津焼は陶器」

なるほど、勉強になった。会場でも磁器が重なり合った時に鳴っていただろうけれど、柄選びに夢中でまったく気付かなかったのだ。

正解の賞品——好きな器は手に入らなかったけれど、知識を得たほうが嬉しかった。

さっそくメモをしておかなければ。

「磁器の歴史も長そうですね」

「今から約四百年前……豊臣秀吉《とよとみひでよし》が朝鮮出兵した際に、陶工を連れ帰ったらしい」

「おお……！」

朝鮮から佐賀県の有田にやって来た陶工より技術が伝えられ、千六百十六年ごろに日本初の磁器が誕生した。やはり、日本一有名な生産地、有田が磁器の発祥のようだ。

納得の歴史である。

「なんか、金平糖の時の織田信長とか、豊臣秀吉とか、ちょいちょい戦国武将が出てきますね」

「現代において名を残す者は、歴史に多大な影響を与える人物なのだろう」

「なるほど」

それから二十年ほど経って、オランダ連合東インド会社などを通じて、出島から東ヨーロッパへの輸出が行われた。ヨーロッパに渡った磁器は積み出し港であった伊万里の名を取って、「ＩＭＡＲＩ」と呼ばれる。金彩《きんだみ》を施《ほどこ》したそれらの品は純金と同じ価格で取り引きされていたらしい。なぜ、そこまで価値があったのか疑問に思うと、なんと驚いたことに、当時のヨーロッパには磁器を作る技術がなかったのだ。しかし、「ＩＭＡＲＩ」の栄光と人気も、長くは続かなかった。

東洋屈指、熱狂的な磁器コレクターであったザクセン選帝侯アウグスト強王が、磁器を自国で作ろうと奮闘。国内の英知を集結させ、千七百十年にヨーロッパ初の磁器窯「マイセン」を発明させたのだ。

「マイセン誕生に至るまで、アウグスト王は錬金術《れんきんじゅつ》師や物理学者、数学者に哲学者の手を借りたらしい」

「錬金術師ですか」

「面白いだろう？」

「はい！」

当時、百万個以上の磁器が海を渡っていたという。けれど、マイセンの登場によって人気に陰りが出てくる。イギリス製陶器の登場も「ＩＭＡＲＩ」の衰退《すいたい》の理由のひとつとなった。

南蛮貿易において磁器の売買は残念な結果に終わったが、現代においても、日本の磁器の人気は高い。今日の市でもたくさんの人々が、楽しそうに磁器を選んでいた。

帰りの電車で波佐見焼について調べてみたら、なんと、スウェーデンを代表する陶芸家、リサ・ラーソンとのコラボレーション磁器があったことも発覚。ぐぬぬ、欲しかった。来年は長崎県の佐世保《させぼ》にある、三川内《みかわち》焼きの陶器市に行ってみたい。

今度は下調べをしっかりしてから挑まねば。今から来年の開催が待ち遠しくなる。

伝説の黄金菓子、カスドース

陶器市に行った翌日、『Café 小夜時雨《さよしぐれ》』に向かう。マンションを出て、長崎駅前まで歩き、正覚寺行きの路面電車に乗って途中で乗り換える。

窓の外では、しとしとと雨が降っていた。昨日は気持ちのいい晴天だったのに、今日はこのありさまだ。雨だけでも憂鬱なのに、暗くなった時間帯のオランダ坂は微妙に不気味。街灯で道は十分に照らされているんだけど、静まり返った雰囲気が不安感を煽《あお》ってくれる。人とすれ違っただけでびっくりするのだ。

今日も、下って来た男性がこちらに向かってまっすぐ歩いて来たのでぎょっとする。

その瞬間、塀の上から何かが飛び出してくる。びっくりしてそちらを見るとブチ猫、キーだった。

「にゃーお」

軽《かろ》やかな動きで『小夜時雨』のあるほうへ上っていくので、私も小走りであとを追った。だが、途中でキーを見失ってしまう。気付けばお店の近くだった。

もしかして、助けてくれたとか？　だったら嬉しいけれど。

そんな奇跡体験をオーナーに話すと、眉間に皺を寄せ、黙り込んでしまった。

今日もご機嫌は斜めのようだった。

その次の日もまた雨。

バイトのため、街中にポツリとある路面電車の駅に降りると、見慣れた人物の姿に気付く。黒いシャツに黒いズボン。靴まで黒と、見事な全身黒尽《ず》くめの男性の姿は、ちょっとヤバげで知り合いでなかったら見なかった振りをするだろう。向かう先は同じなので、声をかけてみる。

「オーナー、どうしたんですか？」

声をかけると、こちらに気付き近づいて来る。

「買い物ですか？」

「……まぁ、そんなところだ」

袋も何も持ってない。はてさて。

「もしかして、今からお出かけですか？」

「いや、違う」

では、買った品物はどこへ行ったのか。

まあ、タバコとかガムならポケットにねじ込んでいる可能性もあったけれど。もしかして、迎えに来てくれたのかなと、図々しいながらも想像をしたが、口に出さないでおいた。

オーナーはなぜか私の手元をじっと見て、質問してくる。

「……荷物多くないか？」

「待ち時間に課題をしようかなと思いまして」

ゴールデンウイーク期間中だけれど、これまでの経緯《けいい》から考えても、今日もお客様はあまり来ないことが予測されていた。なので、時間は有効に使おうと思い、勉強道具を持って来ていたのだ。参考書が入ったずっしりと重い鞄を、オーナーが何も言わずに掴んで持ってくれる。

「あ、ありがとうございます」

なんだか、申し訳ない気持ちでいっぱいになる。自分で持てると主張しても、「店に行くまで、足手まといになったら面倒」と断られしまう。せっかくなので、お言葉に甘えさせていただいた。

前を歩くオーナーの背中を追いながら、ふと思う。

やっぱり、私を迎えに来てくれたとか？　だとしたら、偶然を装っている様子とか、ちょっとキュンとなる。気のせいかもしれないけれど。

そういえば、オランダ坂を荷物なしの、身軽な状態で歩くのは初めてかもしれない。いつも、参考書の入った鞄を持って、ヒィヒィ言いながら上っているのだ。

オーナーと一緒なので、夜の暗い道も怖くない。と、ここであることに気付く。

「えっ、あ、すごーい！」

「どうした？」

「世紀の大発見です。なんと――オランダ坂の石畳が光っています」

雨に濡れた石畳が、オレンジ色の街灯に反射して輝いて見えるのだ。こんなに綺麗だったのに、今まで気付かなかったなんて。

きっと、夜は足元や周囲を警戒して、辺りの様子を見る余裕などなかったのだろう。

「今度、東京の友達に自慢します！」

振り返って報告する。オーナーのことだから「何を言っているんだ」と冷たい態度で返される思っていたのに、淡く微笑んで「そうか」と返事をしたのだ。

そんなの不意打ちだ。ドキンと、胸が高鳴る。

やはり、オランダ坂は心臓破りの坂――。今日は、そう思うことにした。

店に辿り着くといつものように、黒いワンピースにエプロンを掛けて、清掃を開始する。時刻は夕方の十九時過ぎ。掃除を終え、休憩室に行くと、オーナーが筆を持っているところだった。どうやら今からメニューを書くらしい。

アンティーク調のテーブルに新聞を広げ、そのうえに布を敷き、半紙を文鎮《ぶんちん》で止める。そのまま背筋を伸ばし、真剣な眼差しを半紙に向けていた。

なんというか、イケメンが書道をする姿は絵になる。これを写真に撮って、観光雑誌に掲載すればお客様が増えるのではと思いついたが、オーナーがすっごく嫌がりそうなので口に出すのは止めた。

「……っていうか、まだ書いていなかったのですね」

「どうせ客は来ない」

「まだわかりませんって」

そんなことを話しつつも、本日のお菓子が気になるので、覗き込んでみる。

書かれた文字は、『本日の品目』。

「……カスドース？」

これまた聞き慣れない名前のお菓子だと思った。

「カステラの『カス』に、『ドース』はポルトガル語で甘い」

なるほど。甘いカステラという意味か。でも、カステラそのままでも甘いのに、どういうことなのか。

「試食用のカスドースが余っているから、食べてみろ」

オーナーが棚の中から布の被さったお皿を持って来る。取り払われた布の下にあったのは、透明のビニール袋に包まれた黄色い焼き菓子。

カステラよりも鮮やかな黄色で、フレンチトーストのような見た目だ。

「初めて見るお菓子です」

「そうだな。長崎でも、この辺りの人は馴染みが薄いだろう。これも、平戸の代表銘菓だ」

「わざわざお取り寄せしたのですか？」

「いや、これは長崎駅のデパートでも買える」

「なるほど」

カスドースは室町時代に、ポルトガルから伝わったものだとか。今も昔と変わらない製法で丁寧に作られている。

「カスドースの歴史は古く、四百年の歴史がある」

伝来当時は砂糖と卵は高級品で、それらを使って作られるカスドースは、「お留《と》め菓子」と呼ばれ、平戸以外への持ち出しは禁止。平戸藩主への献上用として作られたお菓子だったらしい。シュガーロードに門外不出の菓子の歴史があったなんて。

そんな気になるカスドースの製法は、焼き上がったカステラを卵黄にくぐらせ、糖蜜の中で煮込み、最後にグラニュー糖をまぶす。

「名前のとおり、ガチの甘いお菓子なんですね」

「そうだな」

小さな短冊状にカットされたカスドースをフォークで半分に割ろうとすると、パラパラとグラニュー糖が落ちる。中はやわらか。卵黄と糖蜜は中まで染み込んでいないようだった。四百年もの歴史のあるお菓子を、さっそく食べてみることに。

まずグラニュー糖のザクザクとした食感と、濃厚な卵の風味が口の中に広がる。中はしっとりで、生地は優しい卵の風味があってとてもおいしい。カステラよりも贅沢で上品なお菓子だ。

ちなみに、お店で出すカスドースはいつもの菓子職人が作ったものらしい。一度、有名店の試食をしてから作るそうな。勉強熱心である。

そんなことはさておいて、カスドースはおいしかった。おいしかったけれど、甘い《ドース》と付く名は伊達《だて》じゃない。

「しかし、結構甘いので、渋いお飲み物が欲しくなりますね」

そこで、オーナーはカスドースと書かれた文字の横に、本日の飲み物を書いた。

それは——抹茶。

「なんと!」

「覚悟はしていただろう?」

「……いや、もっと先だとばかり」

『Café　小夜時雨』のお抹茶担当である私は、突然の大抜擢《だいばってき》に額《ひたい》に汗を浮かべる。

前にオーナーに伝えていたが、去年は受験中だったこともあり、一年以上抹茶を点てていない。週に一度、祖母から茶道を習うのも、高校二年までと決めていたのだ。オーナーは書道道具をどかし、お茶の道具を持って来てくれる。ありがたいことに、何から何まで用意をしてくれた。

「濃茶と薄茶、どちらにする」

「カスドースが甘いので、濃茶がいいかと」

「抹茶についてはどの程度知っている？」

「素人に毛が生えたレベルです」

「なるほどな」

抹茶には濃茶と薄茶の二種類がある。もちろん、使う器にも違いがあるのだ。薄茶は華やかで美しいお茶碗を使い、濃茶は柄のない格式高いお茶碗が使われる。

「しかし、一人で濃茶を飲むのは厳しいでしょうか？」

薄茶に比べて濃茶はどろりとしており、味も渋い。濃茶のほうがカスドースに合いそうだと思ったけれど。

「薄茶と濃茶、客に選ばせればいい」

「なるほど。そうですね」

オーナーより「いいからさっさと点てろ」と言われる。久々なので緊張していた。

まあ、茶室で点てるわけではないので、礼儀などは気にしなくてもよさそうだし、なんとかなるだろう。まずは湯で茶器を温める。同時に、もうひとつの茶碗にも湯を注ぎ、ちょうどいい温度になるまで待った。匙で抹茶を掬い、茶碗に入れる。次にケトルの中の湯を注いだ。混ぜ方は山をふたつ描くように。素早くかつ丁寧に練る。

「粗茶ですが」

「これは濃茶だ」

「ですよね」

濃茶にはいい茶葉が使われているので、当然ながら値段が張る。なんとなくお約束みたいな感じになっていたので、ついつい言ってしまった。

練った濃茶を差し出した。オーナーは茶碗を受け取り、一口飲む。眉間に皺を寄せていたので、恐るおそる感想を聞いてみた。

「……お、お服加減はいかがでしょうか？」

「これが、結構なお服加減に見えるか？」

「いいえ、まったく」

粉っぽいと突き返されてしまった。ここから、私とオーナーの抹茶修業が始まった。

納得がいく味になるまで、何度も何度も練るように命じられる。

「――不味《まず》い！」

「はい、もう一杯ですね……」

私に茶道を教えてくれた祖母より厳しい。というか、オーナーは茶道の作法などにも詳しいようにも思える。もしかしたら、お抹茶を点てられるのでは？　と思ったので聞いてみた。

「自分でできれば、お前に頼んでいない。たまに、知り合いの茶会に呼ばれることがあっただけだ」

「な、なるほど！」

結局、雨が止むまで抹茶を何度も練ることになった。

そして、本日もお客様はゼロ。

この苦労はなんだったのかと、がっくりと肩を落とした。

しとしと雨は好きだ。風景がぼんやりとなり、植物に雨粒がポツポツと玉となって浮かぶ様子は美しい。堪能できるのは、朝から昼、夕方までに限定されるけれど。

夜の『Café 小夜時雨』の窓の外の景色は真っ暗。お昼時だったら、紫陽花《あじさい》が咲く綺麗な庭も見えるのに、もったいない。

長崎も梅雨の時季となり、空はどんより、雨の勢いは止《とど》まることを知らない。

オーナーは相変わらず。だけど、以前より腕を摩る頻度《ひんど》は少なくなったような。それでも、こちらが気になる程度に触れている。どうにか改善できたらいいけれど……。

そんなこんなで変わらぬ毎日を過ごす中、嬉しいことがあった。飯田さん以外に、常連さんができたのだ。オランダ坂の近くに住んでいる山下さんという老夫婦で、「夜遊び」と称して、『小夜時雨』に来店してくれる。旦那さんはいつもべっ甲のループタイを締めているオシャレさん。奥さんは綺麗な白髪《しらが》頭をシニヨンに纏《まと》めている。お上品な雰囲気のご夫婦だ。

今宵《こよい》も、カランカランと扉の開く音がした。

「こんばんは」

私は笑顔で、山下さんご夫婦を出迎える。

「いらっしゃいませ！」

今日はしとしとと雨だったので、来てくれたらしい。

「強い雨の日は、足元が心もとなくなるので、来れなくて」

旦那さんは大雨でも行きたいと言ってくれるらしい。ありがたい話だ。

「いつもこんぐらいの雨やったら、よかとに」

「梅雨の時季はザァザァ雨ですからねー」

山下さんの旦那さんは長崎弁を使う。たまにわからない言葉とかがあって、私が頭の上に疑問符《ハテナ》を浮かべていると、奥さんが優しく意味を教えてくれるのだ。県外出身らしく、方言がわからない私の気持ちを理解してくれる。

お喋りはこれくらいにして、フロアまで案内してメニューを紹介した。

『本日の品目　ビスケットと温かい酪漿』

ビスケットもポルトガルから長崎へ伝えられたお菓子のひとつ。当時は「ビスコウト」と呼ばれ、船乗りの保存食として食べられていたらしい。

シンプルなお菓子だけれど、サクサクの食感と素朴な味わいがたまらないのだ。

「ふふ、昔を思い出します」

そんな言葉を呟きながら、ビスケットを手に取る山下さんの奥さん。昔というのは、二人が結婚をする前のお話らしい。旦那さんは相槌《あいづち》も打たずに、無言でビスケットを齧っていた。

「思い出のお菓子なんですか？」

「ええ、そうなんです」

山下さんご夫婦の出会いは五十年前。奥さんがお父君《ちちぎみ》の転勤で長崎にやって来たことがきっかけだったらしい。

「うちの人が、父の部下だったのですが――」

縁を繋いだのは、奥さんのお父君で、家に食事を食べに来るようにと、旦那さんを誘ったことが出会い。あとから聞いたら、ちょっとしたお見合いだったと。

「でも、最初は上手くいかなくて……」

ある日、山下さんの旦那さんは、奥さんとデートをする約束をしたらしい。その際に、時間を指定し「十時に家に来るけん」と言って立ち去ったとか。

「それで、この人の家に行ったけれど、いなくて」

どうして二人はすれ違ってしまったのか。続きを聞こうとしたところで、オーナーに呼ばれる。お喋りが過ぎると、怒られてしまった。反省。

一時間後、山下さんを見送る。

「また来るけん」

「あ、ありがとうございました！　お待ちしております」

すれ違い話の続きが気になったが、聞けないまま山下さんご夫婦は帰っていく。

梅雨の時期なので、頻繁に『Café　小夜時雨』に出勤しているため、仕事もずいぶんと慣れたような気がする。

のんびりとした雰囲気のここでのお仕事は、私に合っていると思う。オーナーとの付き合い方も把握しつつあった。というか、お世話になりっぱなしだ。勉強でわからないところがあれば教えてくれるし、夜になって雨が降り、今から出勤する旨を連絡すると、路面電車の最寄り駅まで迎えに来る。帰りも駅まで送り、終電後は車でマンションまで送ってくれる厚待遇っぷりだ。そしてお客様は相変わらずの少なさ。これで時給千五百円。給料泥棒にもほどがある。

今日はそんなオーナーに、日頃の感謝を込めてある贈り物を持って来た。中身は陶器市で買ったカップ。綺麗にラッピングしてから渡そうと思って早一ヶ月も経っていた。学校とバイトの両立は地味に忙しいのだ、と言い訳をしておく。

十七時過ぎ。夕方から朝まで雨だというので、早めに家を出ることにした。買ったばかりの花柄の傘も忘れずに持って行く。綺麗な柄なので、さすのが楽しみだ。ワクワクである。

店に着いて休憩所に行くと、オーナーに「今日は休みだ。来る時は連絡をしろ」と怒られた。まさかの事態に、頭の中は真っ白。混乱した状態で、言葉を絞り出す。

「で、でしたら、本日の労働は？」

「必要ない」

「それは、勝手なことをしてしまいました」

雨の日なのに営業しないらしい。外は暗くなっていたけれど、確かに「営業中」の看板は出ていなかった。というか、それならオーナーが連絡すべきでは？　そんなことを思いつつ、帰ろうとする。

「では、このまま失礼を——あ！」

贈り物を忘れるところだった。微妙に機嫌が悪いように見えるけれど、お礼の手紙には今日の日付を書いてしまったし、雨の中持ち帰るのも微妙なので渡すことにした。

「オーナー、これ、よろしければどうぞ」

「なんだ？」

「陶器市で買ったものなのですが、ひと目で気に入ったので」

要らないと言われたらどうしようかと思ったけれど、オーナーは受け取ってくれた。

無言で包みを開封している。その場で開けられるとは考えもしていなかったので、若干ドキドキしてしまった。予想どおりというか、オーナーは微妙な反応を示してくれる。思いっきり眉間に皺を寄せ、箱の中のカップを凝視するオーナー。選んだのは青のカップ。原色で色付けされているところが、長崎っぽい。石膏型で作られた桜の花びらがカップの表面についていて、葉っぱの部分は手描き。渋いけれど、可愛さもある一品だ。手紙は読まずに、胸ポケットに入れていた。

「よかったら、使ってくだされば、と思ったのですが」

そう言うと、さらに眉間の皺を深くしていた。突き返されたらどうしようと思っていたけれど、オーナーはカップを手に取り、いい品だと呟いた。眉間の皺は解れたので、ホッとする。

「……ありがとう」

「え⁉」

「なぜ驚く」

「いや、お礼を言われるとは思わなかったので」

「どういう意味だ」

オーナーは、お礼の言葉くらい知っているとぼやく。その物言いが面白くて、笑ってしまった。

贈り物のカップは、休憩室の棚に並べられることになった。機嫌が回復していたようでホッとしていたら突然、扉が叩かれた。

「先生、そこにいるのはわかっていますよ。もうそろそろお時間です！」

扉の向こうから聞こえてきたのは、ハキハキとした女性の声。びっくりして、その場で跳び上がりそうになる。

来客なのか？　オーナーの顔を見上げると、明らかに焦った顔をしていた。

「先生ったら、飛行機の時間が迫っているんです。……開けますよ！」

そう言って入って来たのは、見覚えのある女性。この方は、以前お店にやって来ていた、美人さんだ。今日もビシッとスーツを着こなしている。

「あら、あなたは？」

「ここの従業員です」

「へぇ……それは、予想外」

私を見た美人なお姉さんは、驚いた顔をしていた。オーナーが人を雇ったことが意外だったらしい。

「前にも会ったことがあったような？」

「はい、以前一度だけお会いしたことがあります」

「お名前を伺っても？」

「はい。日高乙女と申します」

「まあ……！」

オーナーが咳払いをして、会話が中断される。スーツ美人のお姉さんは鞄を探り、名刺を差し出してくれた。

「ご挨拶させていただいてもいいかしら？　私はこういう者です」

『あおい出版　第五編集部　七瀬《ななせ》陽子《ようこ》』――名刺を見た私は衝撃を受ける。

「こ、これって」

名刺を持つ指先が震えた。なぜかといえば――。

「東雲洋子先生の本を出している出版社ですよね⁉」

「ええ、そう」

「やっぱり‼　私、先生の大ファンで、先月発売した『探偵・中島薫子』シリーズも買いました」

「あら、ありがとう」

七瀬さんは編集さんらしい。仕事で二、三ヶ月に一度は長崎にやって来ているとか。

あまりの嬉しさに、テンションが上がって思わず質問してしまう。

「その、七瀬さん、つかぬことをお聞きしますが」

「どうぞ」

「東雲先生にお会いしたことはありますか？」

失礼を承知で質問をしてみると、七瀬さんは笑みを深める。あるのかないのか、判断付けがたい大人な表情であった。

「――残念ながら、ないの」

「そうなんですね……」

あおい出版の編集さんに出会っただけでもすごいのに、七瀬さんが東雲洋子先生に会ったことがあるとか、さらなる偶然などあるわけがないと思った。

「すみません、ミーハーな質問をしてしまい……」

「気にしないで。ファンなら気になるわよね。あの方は顔出ししないから」

なんだか、余裕があって素敵な人だなと思った。私も、いつかこんな恰好よくスーツを着こなせる女性になりたいものだ。

貰った名刺を見ていたら、あることに気付く。なんとまあ、七瀬さんの下の名前が陽子さんだったのだ。なんとなくモヤモヤとしてしまう。この感情はなんなのか。

「日高さん、どうかした？」

「い、いいえ！」

ぶんぶんと首を横に振る。

七瀬さんはオーナーを探している様子だった。きっと、用事があるのだろう。しかし、二人の関係はいったい……？

いやいや、私が気にすることではない。

椅子に置いてあった鞄を手に取り、お邪魔者は早くここから去らなければと思った。

「あの、私、帰りますね！」

オーナーが外は暗いので、駅まで送ると言ってくれたけれど、七瀬さんの出発時間があるのではと思って断った。焦ってしまい「あとは若い二人でごゆっくりと！」とお見合いおばさんのようなことを言って店を出る。

オーナーが何か言っていたような気がしたけれど、あの場にいたくなくて、小走りで店をあとにした。

しとしとと雨が降るオランダ坂を、一人で傘をさして下る。

傘はショッピングモールで買ったばかりの品で、来る時は楽しい気分で来たのに、帰りはなぜかどんよりと重たい気持ちを抱えていた。

——きっと、憂鬱なのは雨のせい。

そう思い込むことにした。


オーナー多忙により、お店は三日後からの営業再開となった。

週間天気予報を見たら雨、雨、雨。というわけで、どっぷりと梅雨の時期になる。

土砂降《どしゃぶ》りの日もあって、生まれて初めて雨合羽《あまがっぱ》を鞄に携帯する毎日を過ごしていた。

『Café　小夜時雨』にもほぼ毎日出勤している。

今日は開店してすぐに、お客様がやって来た。常連の山下さんご夫婦だ。出会い頭、旦那さんにスーパーのビニール袋を手渡される。

「ふとか魚ば捕れたけん」

袋の中には、大きな魚が。イサキという、今が旬の魚らしい。しかし、ふとかとは?

その疑問に、奥さんが答えてくれる。

「ふとかは、大きいという意味なんです」

「そうなんですね!」

謎が解けたので、改めて魚を見て一言。

「ふとかですねー」

そう返すと、旦那さんが嬉しそうにニコッと笑った。

山下さんご夫婦をフロアまで案内する。

「……なんね。今日はビスケットはなかと?」

壁に貼ってある半紙を見ながら、残念そうに呟く旦那さん。

「お父さん、『小夜時雨』さんは、日替わりメニューなんですよ」

「そうね」

どうやら今日もビスケットを食べたかったらしい。こういう時、一日一品のメニューは徒《あだ》となる。

「ビスケットでしたら、私が作りましょうか?」

「いらん。お前のビスケットは、さとうがとーか」

またしても、旦那さんは謎の長崎弁を操《あやつ》る。

「ほら、店員のお嬢さんが困っているじゃありませんか」

「い、いえ」

「甘くないビスケットなんて、昔の話なのに」

お話を聞いたところ、「さとうがとーか」は「甘味が薄い」という意味らしい。

山下さんの奥さんがビスケットを作っていた当時、砂糖は高価な品で、そのうえ他の材料もギリギリの分量で作ったものだったので、さとうがとーかビスケットが完成したとのこと。

「ビスケットを作るようになったきっかけはデートのお詫《わ》びの品だったんです」

そういえば、前に「十時に家に来るけん」と言ったのに、すれ違ってしまったという話を聞いていたのだ。あれは、いったいなんだったのか。

「本当に紛《まぎ》らわしい話なんだけど、長崎の人は『行く』を『来る』と言うんです」

ということは、「十時に家に来るけん」はつまり「十時に家に行くから」という意味だったのだ。旦那さんは奥さんの家に、奥さんは旦那さんの家に行った。

それじゃあ、すれ違うわけだ。謎が解けてすっきりとした気持ちになる。

「甘いビスケット、家で作りますからね」

「甘すぎるとは、好かん」

照れ隠しなのか、ぷいっと顔を逸らす旦那さん。

山下さんご夫婦のシュガーロードなお話を聞けて、得した気分になった。


雨も毎日続くと、なかなかきついものがある。けれど、今が稼ぎ時なのだ。

講義が終わってすぐに『小夜時雨』に行こうと、鞄に教科書を詰め込んでいたら、背中をポンと叩かれる。振り返ると、諒子ちゃんが片手を軽く上げていた。

「あれ、乙ちゃん、もしかして今日もバイトなの？」

「あ、うん」

「喫茶店だっけ？」

コクリと頷く。雨の夜限定でバイトしているのは、諒子ちゃんにだけ話してあった。

詳細は伏せているんだけど、いろいろと察してくれているのか、込み入った話は聞こうとしない。

「ふうん。最近毎日じゃない？」

「そうそう。今が繁忙期《はんぼうき》っぽいんだ」

「無理しないほうがいいよ。学生の間は勉強と遊ぶことが大事って、うちの兄ちゃんが言ってた」

諒子ちゃんのお兄ちゃんは社会人四年目。座右《ざゆう》の銘《めい》は「ブラック企業にも三年」だとか。ちょっと笑ってしまう。学生時代からバイト三昧《ざんまい》だったようで、青春している暇がなかったと、いまさらながら嘆いているらしい。

「バイト代は貯金している？」

「してる、してる。ってなんで？」

「なんか最近、ちょっと可愛く……いや、オシャレになっているからなんか、変な男にでも引っかかっているんじゃないかって」

そのままバイトに行けるよう、身綺麗にしているだけだ。なのに、変な男に引っかかっているなんて……。自分では結構しっかりしているつもりだから複雑なような気がしなくもない。

「大丈夫、諒子ちゃんが心配するようなことは、何もないから」

「わかった。でも、気を付けてね。この辺は観光地で、いろんな人が集まるから」

「そうだね。ありがとう」

「困ったことがあったらいつでも電話して」と言ってくれる諒子ちゃん。涙が出そうだ。

諒子ちゃんとの出会いは高校二年生の時のオープンキャンパス。説明会で偶然隣になり、シャープペンの芯が切れた諒子ちゃんに、三本ほど分けてあげたのがきっかけで仲良くなった。

その時に、メルアドを交換し、受験期も励まし合ったりして、連絡を取っていたのだ。なので、大学が始まって二ヶ月ほどだけど、私達の付き合いはそこそこ長い。慣れない長崎での暮らしの中で、いろいろと心配してくれる優しい子だ。

そんな諒子ちゃんはスマホを弄《いじ》りながら、残念そうに話しかけてくる。

「そっか、バイトかー。じゃ、今日のパフェ会は不参加やね」

「そんな素敵な会が……！」

「また誘うって」

「残念すぎる」

なぜか諒子ちゃんがこういう突発企画をする時に限っていつも雨なのだ。がっくりと肩を落としながら、『小夜時雨』に向かう。

裏口に回って中に入り、キッチンにいるオーナーに声をかける。

「こんばんは」

挨拶をすると、ちらりとこちらを見て顔を顰める。ちなみに、オーナーのこの行動にはあまり意味はない。ただの残念な癖だということが最近になって判明した。

あの表情で見られると、嫌われているのではと勘違いしてしまうし、あまりいい癖ではないので一度、指摘をしたけれど、「癖だから簡単に直るものではない」と言われてしまった。

そんなオーナーがキッチンで作っていたのは――。

「パフェ！」

渋い鍋島焼の背の高い紫陽花柄のカップに、抹茶アイスと白玉、わらび餅に小豆《あずき》、抹茶ケーキに生クリームと、素晴らしいトッピングで盛り付けられたパフェだった。

「もしかしてこれ、今日のメニューですか？」

「まぁな」

「うわぁ、素敵ですねえー」

でも、長崎要素はいったい……？　おいしそうだけど、普通の抹茶パフェに見える。気になったので聞いてみた。

「可能な限り長崎県産のものを使って作っている。抹茶は東彼杵《ひがしそのぎ》産、小豆も知り合いの農家から買ったものを炊《た》いてもらった。ケーキに見えるのは抹茶カステラだ」

「おお、なるほど！」

地元の素材で伝統菓子を現代風にアレンジ。素晴らしい組み合わせだ。オーナーは私に食べるように、パフェを手渡してくれる。

「え、いいのでしょうか？」

「毒味だ」

「ありがとうございます！」

まさか、ここでパフェにありつけるなんて！　軽い足取りで、休憩室に向かい、そっとパフェを机の上に置いて、椅子に腰かけた。オーナーが来るのを待ったほうがいいのかなと思ったけれど、いっこうにやって来る気配がなかったのでいただくことにした。まずは、陶器の匙で生クリームと抹茶アイス、カステラを掬う。欲張りすぎたからか、一口が大きくなってしまった。

「……お、おいしい！」

思わず感想が飛び出してしまう。抹茶のほどよい渋みと、なめらかなアイスクリームの冷たさ、生クリームの濃厚な味わいの組み合わせは素晴らしいとしか言えない。ツルリとした白玉も、やわらかなわらび餅も、じっくり炊き上げた小豆も、どれもおいしい。途中でオーナーが戻って来る。

「……食べるの早すぎ」

「まだ三分の一もあります！」

私の前向きな発言に、呆れた顔をするオーナー。そっと、机の上に飲み物が置かれる。中には、湯気が漂う牛乳がなみなみと注がれていた。

「こ、これは――！」

「普通のホットミルク」

「抹茶にミルク！　最強の組み合わせすぎます！」

冷たいアイスで体が冷えてきたところに、ホットミルクを用意してくれるなんて。

思わず涙が出そうになった。

「オーナー、ありがとうございます！　ここの従業員で、本当に幸せです！」

「……重ねて言っておくが、毒味だから」

「はい！」

温かいカップを両手で包むように持ち、ふうふうと冷ましてから一口飲む。優しいミルクの甘さが口の中に広がり、じんわりと体に沁み入るようだった。まさに、至福の時だろう。抹茶パフェとホットミルクはあっという間になくなってしまった。

「ごちそうさまでした」

そう言うと、じっと眺められる。

オーナーは無言で私へ手を伸ばし、むにっと、頬を掴んだのだ。

「な、なんですか？」

「ええっ、なんですか？」

急に触れてきたのでドキッとしたが、理由を聞いて愕然とした。

「いや、ハムスターみたいだったから」

モチモチのハムスターの姿を想像して、言葉を失う。

毒味だとか試食だとか、名目はあるにせよ、最近ここでの飲食で甘いものばかり食べていたような気がする。体重計にも乗っていない。もしかしなくても、太った？

——運動しよう。

そう決意した瞬間であった。

時刻は十八時半。身支度を整え、「営業中」の看板をかけに行く。傘をさして外に出ると、出入り口の門付近に、こちらを窺うような人影が。

若い女性だろうか。傘で顔が隠れていて、よくわからないけれど。

……このお店、入りにくいからなぁ。迷っているのかしら？

「いらっしゃいませ。こんばんは」

声をかけてみると、顔を隠していた傘がさっと上がる。

「乙ちゃん……」

「諒子ちゃんだ！」

顔を見合わせて、お互いに驚く。このお店に辿り着くなんて、意外だ。この辺りは入り組んでいて、観光客もなかなか来ない辺鄙《へんぴ》な場所なのに。

「ここでバイトしてたんだ」

「うん、四月から、お世話になっているよ」

「そっか……」

ここでいったん、会話が途切れる。一瞬の間に、雨の勢いが強くなった。

「……お邪魔しようかな」

「あ、うんそうだね。どうぞ。今日、抹茶パフェの日なんだ――あ、そういえば、パフェ会は？」

「……ごめん、長くなるから、お店で話してもいい？」

「もちろん！　ようこそいらっしゃいませ」

諒子ちゃんはお洒落な洋館の内装を見て、珍しいものを見るように目を瞬《しばた》かせていた。地元の人は、なかなか観光に訪れないので、こういう反応になってしまうらしい。

席に案内して、本日のメニューを紹介する。

「本日の品目は温かい牛乳に、東彼杵産の抹茶とカステラを使ったパフェになります――と言っても、メニューはひとつしかないんだけれど」

「じゃあ、それをください」

なんだか、知り合いに接客するのは照れてしまう。接客される側の諒子ちゃんも同じようなことを思っているのか、お互いになんだかぎこちなくなってしまった。

オーナーに注文を報告すると、黙々とパフェ作りを始めていた。私はホットミルクの準備をする。注文の品が揃うと、ティーワゴンに載せて客席まで運んだ。

「お待たせしました」

抹茶パフェをテーブルの上に置くと、諒子ちゃんの目がキラキラと輝く。パフェの斜め前にホットミルクも並べる。

諒子ちゃんは匙でアイスと抹茶カステラを掬って食べた瞬間、にっこりと笑顔になった。ひと匙ひと匙。おいしそうに食べてくれるので、こちらまで嬉しくなってしまう。諒子ちゃんも、私と同じく、あっという間にパフェを食べきってしまった。その気持ち、よくわかります。

ホットミルクのお代わりを作りに行くと、オーナーが「友達が来ているのなら、一緒に飲むといい」と私の分の中国茶を用意してくれた。

「そんな、勤務中ですし」

「もう、雨は止んだ」

「あ！」

いつの間にか勤務時間は終わっていたようだ。お言葉に甘えて、そのまま諒子ちゃんとお茶をすることになった。

「――それで、どうしたの？」

「雨の日の、それも夜にしかやらないなんておかしすぎるし、変なことに巻き込まれているんじゃないかって、前から気になってたんだ。で、今日、他の子から乙ちゃんをこの辺で見かけたって話を聞いて」

「そうだったんだ」

なんでも、ここ最近バタバタしていて、疲れた顔もしていたらしく心配させてしまったらしい。

「そっか」

諒子ちゃんは「楽しそうに仕事をしているから、安心した」と言ってくれる。

「落ち着いていて、外観も内装も素敵なお店だし、乙ちゃんに似合ってる」

「へへ、ありがとう」

諒子ちゃんは、他の人には黙っておこうかなと呟く。

「なんだか、独《ひと》り占《じ》めっていうか、内緒にしておきたいお店だね。一人で静かに本を読んだりするのもいいかも」

「本っていっても、漫画でしょう？」

「正解！」

返ってきたのは予想どおりの答えで、二人して笑ってしまう。

いろいろと心配してくれた諒子ちゃんには感謝の一言だ。応援すると言ってくれたので、とても嬉しい。

『Café　小夜時雨』に、新たな常連さんができた日の話であった。

その翌日も雨だった。

赤い屋根にゴシック様式の校舎がある大学を目指し、オランダ坂を上っていく。

バイトと並行して、学校生活もバタバタになっていた。

調理実習、健康指導、カウンセリングなど、食生活におけるありとあらゆることを学んでいる。栄養士になるためには、さまざまな知識を得なければならないのだ。夢を叶《かな》えるために、日々頑張っている。

調理実習の後始末をしていたら十七時過ぎになっていた。外はまだ明るい。ちょっと早いけれど、お店に行くことにした。

正門を出ると、二十代前半くらいで、派手な金髪、シャツの柄もチャラチャラしている若い男の人がいてびっくりした。観光客には見えないし、誰かを待っているのだろうか？　……あ、なんかこの前の夜、坂で見かけた不審な男性に似ているような。こんな感じだったような気がする。

ここで、思い出した。掲示板に「不審者注意」の張り紙があったことを。

まさか運悪く、遭遇《そうぐう》するわけがない。けれど、不安から胸がドクドクと早鐘《はやがね》を打つ。

じっと見るつもりはなかったのに、目が合ってしまった。

このまま立ち去るのもなんだかなと思ったので、会釈《えしゃく》をして前を通り過ぎる。そのまま坂を下っていくと、背後から足音が。

しばらく気にする素振りを見せないようにして歩いていたけれど、『Café　小夜時雨』に繋がる曲がり角に入る時に、それとなく振り返って見た。すると、さっきの男の人も曲がって来たので、サアッと血の気が引いてしまう。

――もしかして、あとをつけられている？

ためしに早足に変えると、背後の男の人も歩みを速めた。ゆっくり歩くと、足音も遅くなる。

私は焦りながら、震える手で鞄よりスマホを取り出し、オーナーに電話をする。

けれど、プルルル、プルルルと呼び出し音が鳴るだけで、いっこうに出ない。オーナー、どうか早く！　と祈ることも空《むな》しく、留守番電話サービスに繋がってしまう。

せめて、メッセージだけでも残そう。そう思って呼びかける。

「オーナー、助け――」

「ねえ、待ってよ」

電話をかけているうちに、いつの間にか距離を縮められていたようだ。背後から聞こえる声はとっても近かった。恐るおそる振り返れば、にやにやとした表情の男性がいる。やっぱり、大学の正門前にいた派手な身なりの人だった。

「……な、何か？」

「いや、どこかでゆっくりと話がしたいなぁって」

うわ、ナンパなんて初めてされた。でも、驚くより背筋がぞっとした。二、三歩後ずさったけれど、背後は通路の壁でこれ以上下がれなかった。

薄暗く狭い路地裏で、人も滅多に通らない。

大声を出そうと思ったけれど、それをきっかけに、相手が変な行動に出てきたら、敵《かな》うわけもない。まさに絶体絶命。最悪ではないか。

でも、考えすぎかも？　いくら見た目が派手でチャラいからって、失礼かもしれない。いったん落ち着こう。

深呼吸をして、なんとか刺激をしないように――、

「すみません、今からバイトで、ちょっと忙しくて」

「一日くらい行かなくてもいいっしょ」

「いえ、そういうわけには――」

やんわり断っても、食い下がってくる派手な男性。

どうすればいいのか。不安からか、だんだんと目頭が熱くなる。ここで叫んでみるか。それとも、逃げたほうがいいのか……。

迷っている間に、いきなり男性が私の腕を掴む。

「いいからこっち来なって」

「やっ、放してください」

腕を引いても、ビクともしない。それどころか、逆に引き寄せられて距離を縮めてしまう結果になる。瞬《まばた》きをすれば、ポロリと涙が零れた。

「うわっ、泣くことないじゃん。大丈夫だって」

ぜんぜん大丈夫ではない。そう答えようとしたけれど、唇が震えるばかり。

――もう終わった。そう思った瞬間に、背後より怒号が聞こえる。

振り返れば、怖い顔をしたオーナーが立っていた。

手には携帯電話だけを握っている。黒縁の眼鏡を掛けていて、普段はきっちりと閉められているシャツのボタンは、一個分開いていた。オーナーはズンズンと近づいて来て、私と男の人の間に割って入ってくれた。

「お前、これに用事が？」

「あ、あー、なんだ、男がいたのかぁー」

「質問に答えろ」

「いや、もういいっす」

「よくない」

オーナーは猛禽類《もうきんるい》の爪のように、がっしりと男の人の肩を掴む。

「痛いなあ、ちょっと可愛かったので、声をかけただけっすよ」

「ちょっと可愛い？」

オーナーは聞き返す。ちょっと可愛いと思ったくらいで声をかけないでほしい。悔しくて、涙が余計に溢れてくる。

「いい加減、放してくれないっすかねえ」

「警察に突き出す。不審者にしか見えない」

「ちょっ、止めてくださいよ！」

だが、オーナーは本気だった。なんとか逃れようとする男をがっしり拘束《こうそく》し、警察を呼んで突き出したのだ。

派手な男性は最近大学の周囲をうろついていた例の問題人物だったようで、警察も「不審者はお前だったのか……」と『ごんきつね』の主人公、兵十《ひょうじゅう》のように呟いていた。


事情聴取を終えた私達は、トボトボと『小夜時雨』に向かう。オーナーはその間ずっと私の手を握って、引いていてくれた。

怒られるかと思ったのに、オーナーは何も言わなかった。

この前、「お店に来る時は連絡しろ」と注意されていたばかりだった。うっかり忘れていた私も悪いのに……。

お店に辿り着くと、タオルを手渡され、休憩室で待つように命じられる。外は雨だったけれど、今日は休業すると宣言していた。間違いなく私のせいだ。休憩室でしょんぼりとしていると、オーナーが戻って来る。目の前に差し出されたのは、蜂蜜入りのホットミルクと一切れのカステラ。

「食べろ」と言うので、ありがたくいただくことにする。

カステラがおいしくて、ホットミルクが沁みて、止まっていた涙が再びポロポロと涙が零れてしまう。そんな私に、オーナーは優しい声で話しかけてくる。

「ここに来る時は、連絡をしてくれ。必ず、迎えに行くから」

「……はい、ありがとう、ございます」

心の中にこびりついていた恐怖は、少しずつ剥《は》がれていく。オーナーの言葉は、カステラよりも甘い。

ぶっきらぼうだけど、ホットミルクのように温かく、やわらかなオーナーの思いやりを受けて、私は気付く。オーナーのことが、好きなのだと。

希少な伝統菓子、甘菊

私はこの前の男にまったく抵抗できなかったのが気になり、運動を始めた。早朝、近所の公園を走っているのだ。

朝の公園は空気が澄んでいて、気持ちがいい。それに運動の成果か夜はぐっすり、朝はすっきり目が覚める。得した気分だ。

そんな中でひっそりと、ある計画も進められていた。

オーナーが腕を摩っていることが、どうにも気になっていた。

初めて見た時からでも数ヶ月続いているので、慢性化した痛み——事故の後遺症か何かなのだろう。

調べた結果、古傷は体を温めればいいようだ。なので、血行をよくするお菓子を作って手渡そうかなと思ったのだ。それを食べて、体をポカポカにしてもらおう。この前、不審者から助けてもらったお礼もしたいし。

飲み物は蜂蜜とレモン、すりおろした生姜《しょうが》をお湯で溶かしたドリンクを作った。生姜は血行を促進する効果がある。蜂蜜が入っているので、おそらく飲みやすいだろう。

お菓子はクッキーを作る。栄養たっぷりで、鎮痛《ちんつう》効果などがある松の実を混ぜてみた。

雨の夜、生姜ドリンクと松の実クッキーを持って、バイトに向かう。休憩時間にテーブルに出してみた。

「なんだ、これは？」

「えーっと、この前の、お礼？」

「なぜ、疑問形なんだ」

腕を摩っているのが気になる、なんて口にできるわけない。どうぞと強引に勧めて誤魔化した。オーナーはまずクッキーを手に取り、ポリポリとクッキーを食べ、生姜ドリンクを飲む。表情は——険しい。

「どうですか？」

「ちょっとボソボソしている。ドリンクは生姜の量が多すぎて辛《から》い」

「……はい」

「クッキーは製菓用の粉を使え。それか、バターを丁寧に混ぜろ。生姜は先に蜂蜜漬けにしておくと、辛みがまろやかになる。ついでにレモンも一緒に浸けておけば、水分が出てお湯に溶けやすくなる」

「な、なるほど！」

プロ視点からのお言葉をいただく。本当にありがとうございましたと言いたい。オーナーはため息混じりでぼやく。

「体がポカポカしてきた」

「よかったです！」

そう返すと、微妙な顔で「この六月の暑い夜では、いいことでもないだろう」と指摘される。その辺は笑って誤魔化した。

生姜の効いたドリンクの効果か、その日のオーナーは一度も腕の古傷を気にすることはなかった。作戦は大成功だろう。


今日も『Café　小夜時雨《さよしぐれ》』はお客がいなかった——なんてことはなく、奇跡が起こって三つある席はすべて埋まっていた。

とはいっても、ひとつは諒子ちゃん、もうひとつはすっかり常連になっている銀行営業マンの飯田さん。そして、最後は初来店の若い女性だった。

彼女は観光でこの辺りをふらりとしているうちに雨に打たれ、逃げ込むようにやって来てくれたらしい。東京から来た美大生だと話していた。お店のコンセプトなどを説明すると、「面白いですね」と、明るく言ってくれた。

本日のメニューは、角煮饅頭《まんじゅう》と工芸茶。オーナーは蒸《む》し器の前で腕を組み、生地がふんわりと蒸《む》し上がるのをじっと待っている。私はお茶の準備を始めた。工芸茶とは茶葉に細工を施し、お湯を注げば湯の中で花が開花する美しいお茶だ。ガラスのティーポットにお湯を注ぎ、中を温める。しばらく経ったらお湯を捨てて、お客様のところへ運ぶ。

「お待たせいたしました。こちら、工芸茶になります」

「あ、テレビで見たことがあります。お湯の中で花が咲くお茶ですよね」

「はい。『東方美人』という、ジャスミンティーです」

茶葉の説明をすると、美大生の女性はスケッチブックを取り出し、紙に鉛筆を走らせる。ティーポットの中に少しだけ湯を注ぎ、大きな蕾《つぼみ》の塊の茶葉を入れて、その上からゆっくりと湯を注ぐ。

頃合いを見て、温めたカップを持って行くと、ちょうどお茶の花が開花しているところだった。

「綺麗……」

「ですよね。名前のとおり、美容にもいいそうですよ」

ポットの中では、茶葉の蕾が開き、菊の花を土台にして五つのジャスミンが一列に咲いていた。茶葉の色が出るのを待ち、カップに注いで差し出す。女性は一口お茶を啜り、ホッとしたような表情を見せていた。

その様子を見届けてから、そろそろ角煮饅頭が蒸し上がっているころだろうと、キッチンを覗いた。

「オーナー、できましたか？」

「あと一分」

了解ですと答えて、その場で待たせていただく。

「今日は、お客様がたくさん来ていますね！」

「半分以上は顔見知りみたいだが」

「それでも、嬉しいです」

ゆっくりと過ごしてもらいたいので、行列ができるお店になりたいとは思わないけれど、一日に三、四組くらいは来てほしいなと思う。だって、ここは素敵な喫茶店で、出てくるお菓子や料理はとてもおいしい。飲み物も、オーナーがこだわって取り寄せているので、是非とも味わっていただきたいのだ。

「お客様、工芸茶をとても喜んでいて。美大生さんで、スケッチされていました」

「それはよかった」

「とても気さくな方です。少し、お話しして来ますか？」

「いや、いい」

「そうですか……」

オーナーはお金で買えないものを『小夜時雨』から得ていると言っていたけれど、その意味も謎のまま。本当に書道の先生なのかも、怪しいところだ。

ここの洋館は、今まであったものをリノベーションした建物らしい。とはいっても、オランダ坂周辺にある洋館とは違い、築三十年ほど。前のオーナーは長崎の洋館マニアで、当時の建築を真似て建てたものなんだとか。中古物件だとしても、立派な洋館だし、この辺は観光地なので坪《つぼ》単価が高そうだ。かなりのお金持ちであることに変わりはない。オーナーはいったい何者なのか……。

好きだと自覚したら、これまでじっくり考えていなかったオーナーの秘密が気になってくる。

「……おい、何を考えている」

「オーナーについてです」

「は？」

「なんだか、謎が多いなぁと」

正直に話せば、口を真一文字に結んで押し黙るオーナー。相手が言いたくないと示していることを追及するのはいけないことなので、そのまま会話は終了させる。

角煮饅頭もどうやら蒸し上ったようだ。ホカホカ湯気をたてる饅頭を朝顔柄のお皿に盛り付け、お客様のもとへと運んでいった。

「お待たせいたしました。角煮饅頭です」

「へぇ、これが」

街の至る場所で角煮饅頭ののぼりが出ていたので、気になっていたらしい。

角煮饅頭とは、豚をトロトロになるまで煮込んだ『東坡肉《とんぽうろう》』という料理を、楕円形のフカフカの皮に挟んだもの。卓袱《しっぽく》料理のひとつで、手軽に長崎伝統の味を知ってもらおうと、中華街などで広まっているらしい。

「たくさんお店があったから、どれを買っていいのかわからなかったんですよね」

「すごくわかります」

私も、長崎に来たばかりの時は同じだったたし、この前友達と広島旅行に行った時も、お土産屋さんで大量のもみじ饅頭が売っていて、どれを買えばいいのか迷ってしまった。散々迷った挙げ句、友達とばら売りしていたもみじ饅頭を買って試食をし、各々《おのおの》気に入ったものを買って帰ったのだ。

「こちら、辛子《からし》をお好みでどうぞ」

「ありがとうございます」

東坡肉は甘めの味付けなので、辛子を付けるとまた違う味わいになる。私も大好きな長崎の伝統料理のひとつであった。まだ、すべての卓袱料理は食べていないけれど、いずれは制覇したいものだ。

角煮饅頭を食べたあと、またしても彼女はスケッチブックに絵を描き始めた。今度はどうやらカフェの内装を描いている模様。スマホで写真を撮ったら一瞬だけど、それはしないと言っていた。美大生の鑑《かがみ》のような人だ。

給仕が終わったところで、漫画を読み終えた諒子ちゃんが「会計を」と声をかけてくる。同時に、飯田さんもお帰りになるようだ。飯田さんは諒子ちゃんの隣に並び、話しかけていた。

「夜も遅いことですし、暗いので不審者が出るかもしれません。よろしかったら、駅までご一緒しませんか？」

「えー、あなたが怪しいんですけれど」

諒子ちゃんの失礼な発言にも、飯田さんは爽やかに笑うばかりであった。二人は何度かここで会っており、顔見知りなのだ。会計を終えた諒子ちゃんと飯田さんは、仲良く並んで帰っていった。スケッチしていた美大生の女性にも声をかける。

「そろそろ終電のお時間ですが、大丈夫ですか？」

タクシーという選択肢もあるが、まずは長崎の電車事情について伝えた。東京に比べて、終電時間が早いのだ。路面電車に至っては、十一時過ぎで終わりとなる。

「あ、帰ります！」

慌《あわ》てた状態での会計となった。

「明日は、雨ですかね？」

「予報では雨みたいですよ」

「でしたら、また、夜に来ます」

「嬉しいです！　お待ちしております」

どうやら、この店をお気に召してくれたようだ。一応、不審者には注意するよう伝えておいた。

美大生の女性が帰ったあと、外の様子を見に行く。雨は止んでいたので、「営業中」の看板を外して店内に戻る。今日こそはタクシーを呼んで帰ろうとしたけれど、オーナーが家まで送ってくれると言い出した。

「あの、今日はタクシーで帰り……」

この前の事件があってから、送り迎えはすべて車でしてもらっていたのだ。いい加減、厚意に甘え続けるのも申し訳ない。が、オーナーは机の上に置いていた私の鞄を持ってどんどん外に出て行ってしまう。

「あ、待ってください！」

結局、車で家まで送ってもらった。

シンと静まり返る車内。オーナーが好きだと自覚してから、なんだかドキドキして、何を話しかけていいのかわからなくなるのだ。仕事中はそうでもないんだけど。

話題を探していたら、車のライトを浴びて、浮かび上がる白い影。

「あ、キーちゃんだ」

すっかりお馴染みのブチ猫キーが、オランダ坂を横切って塀に上っていた。

「今日も可愛いなぁ……」

「見る分には問題ないが、あれにあまり近づくなよ」

「どうしてですか？」

「野良だから、引っ掻くかもしれん」

「そうですね……」

人には慣れていそうな感じはするけど。むぅ、残念。

「でも、話しかけるのはいいですよね？」

質問すると、突然噴き出すオーナー。

「お前、猫となんの話をするんだよ」

「いろいろです。天気の話だとか」

真面目に答えたのに、笑われてしまった。いまいち、オーナーの笑いのツボがわからない。まぁでも、楽しそうだからいいか。そういうことにしておいた。

七月に入っても、相変わらず雨はザァザァ。梅雨明けは中旬から下旬の予報となっている。けれど、稼ぎ時だといって喜んでいる場合ではなかった。下旬には定期試験が待っている。よって、バイトをしている余裕がなくなってきた。

それをオーナーに相談すると、好きにしろと言ってくれた。週に一回くらいは来れるかも……と提案したが、試験勉強に集中しろと怒られてしまったのだ。

オーナー、一人でお店番するの大丈夫かな？　と思ったけれど、お言葉に甘えた。で、バイトに行かなくなって早二週間。勉強は捗《はかど》っているし、友達とも何度か遊びに行く余裕もあった。夕方からのサークル活動にも終わりまで参加できたし、早い時間に眠れるのも嬉しい。

これが充実したキャンパスライフだと最初は楽しかったけれど、物足りないというか、なんというか。徐々にモヤモヤしてくる。

これが恋煩《わずら》いなのだろうか。顰《しか》めっ面の、愛想の欠片もないオーナーの顔を見たいだなんて……。

息抜きに東雲洋子先生の本を読み返し、ふと思い出す。

今回、バタバタしていてファンレターを出していなかったことに。

このまま忘れたらいけないので、さっそく書き始めた。久々の新刊とあって、感想を交えつつ、ずいぶんと長くなってしまった。誤字脱字がないかしっかりとチェックし、封筒に入れて封をする。買い置きしていた切手を貼り、ポストへ投函《とうかん》。

あとは、先生のもとへ無事に届きますようにと祈るばかりであった。


五日間にも及ぶテストはつつがなく終わった。自己採点だけど、結構いい感じだったような気がする。

テストが終わったことをオーナーに報告しようかなと、スマホでメッセージを打ってはみたけれど、こんな個人の日常的な内容を、送っていいのかと躊躇う。

事前に期間はいつからいつまでということは知らせていたのだ。なので、わざわざ言わずとも、オーナーは把握している。悩みながらじっとスマホの画面を注視していたら、諒子ちゃんが話しかけてきた。

「乙ちゃん、テストどうだった？」

「結構いい感じかも」

「さすが、バイト断ちしていた猛者《もさ》」

「夏休みになったら、テスト期間で休んだ分、バイトを頑張らなきゃなあって」

「だよねー」

諒子ちゃんはカラオケ屋さんでバイトしている。今回、友達みんなで働いている姿を視察に行ったのは、本当に楽しかった。

「あそこのカラオケ屋さん、デザート系が充実していていいよねぇ」

「作るほうは大変だけどね。ちょっとでも遅くなれば、コールで苦情が来るし」

「うわ、大変。私だったらテンパりそう」

「おっとりしてるもんね、乙ちゃん」

「いや、おっとりじゃなくて、のんびりというか、とろいというか」

「おっとりだって」

おっとりかのんびりかはどちらでもいいとして、『小夜時雨』のメニューは一品しかないこともあり、特別なもの以外は私にも難なく用意できる。それに加え、基本的に時間に余裕がない人はあの店に来ないのだろう。準備に手間取って、オーダーをお出しするのが遅れても、ニコニコとしながら待っていてくれる人が多い。とてもありがたいバイト先であった。

「そういえば、昨日雨だったじゃん。で、『小夜時雨』でテスト勉強しようと思って、行ったわけよ」

「――あ！」

「どうしたの？」

「いや、私も行けばよかったなぁと」

客としてなら、私もお店に行けたのだ。ここ一ヶ月、『小夜時雨』断ちをしていて、行きたくなっても我慢をしていたのに、がっくりと肩を落とす。

「誘えばよかったね」

「うん」

「でもさ、なんか声かけづらかったと言うか」

テスト勉強に燃えているように見えていたとのこと。そんなことはまったくないと否定しておいた。

「あ、でね。『小夜時雨』、オーナーさんが接客していて、不愛想で怖いのなんのって」

「う、うわー」

諒子ちゃんは目を細め、眉を指先で寄せて、こんな顔でオーダーを聞きに来たと語る。「あの店、絶対繁盛《はんじょう》しないわー」とも言っていた。

「で、思ったんだ。あのお店には、看板娘たる乙ちゃんが絶対必要だってね」

「えへへ、そうかな？　ありがとう」

そのうえオーナーはいつもより疲れた様子だったらしい。慣れない仕事が続き、疲《ひ》弊《へい》しているのかも……。心配になる。

「今日はこのあと着物《きもの》サーだっけ」

「諒子ちゃん、その略し方はちょっと」

「今日は、着物サークルでございますか？」

「そうだけど」

「だったら、着物姿で会いに行ってあげなよ。たぶん元気になるから」

「オーナーが、私の着物姿を見て元気に？　いや、それはどうだろう」

「なるって、絶対に」

「じゃあ、何か手土産でも持って――」

「あ、それ、私に任せて！　親に頼まれていて、今から買いに行くから、乙ちゃんの分も買ってきてあげる！」

「え、いいの？」

「いい、いい。とっておきのお菓子だから、仏頂面のオーナーも絶対に喜ぶと思う」

とっておき！　それは私も気になる。

「でも、今日は晴れてるからバイトないんだよね。行っても迷惑じゃ……」

「違う、違う。仕事じゃなくて、デートに誘うんだって」

「な、なんで⁉」

「乙ちゃんってオーナーのこと、好きなんでしょう？」

諒子ちゃんの鋭い指摘に、顔が熱くなる。なんでそう思ったんだろう？　自然と目で追っていたとか？　すごく恥ずかしい。

「バイト行かなくなってから、雨の日は物憂《ものう》げにため息ばかり吐いているし、スマホでメッセージを打っては消してを繰り返していたし」

「うわ、な、諒子ちゃん、見てたの？」

「見てた！」

諒子ちゃんはジリジリと、私を追いつめてくる。

思わずもじもじしていると、諒子ちゃんが意地悪な顔で私を覗き込んできた。

「乙ちゃん、告白しちゃいなよ」

「ええっ……。で、でも、オーナー。たぶん、片思いの相手がいて」

編集の七瀬さん。とびきり美人で、笑顔が素敵で、いつかあんな大人になりたいと、憧れるくらいの素敵な女性。

「付き合っているわけじゃないんでしょう？」

「そうだけど、メルアドとか、その女性の名前が入っているし、ガラケーだったから、たぶんずっと思っていたんじゃないかな？」

「大丈夫！　その人よりも、乙ちゃんのほうが絶対いいから」

「はは、ありがとう」

なんか、諒子ちゃんってすごい。前向きだし、行動力もあるし、友達思いだし。普通、他人のためにここまで熱くなれないよなぁ。嬉しくて、ちょっとだけウルッとなってしまった。

「メッセージ、打てる？　着物着て、デートに誘って、私のほうがいいんだってどんどんアピらなくちゃ」

「アピールできるかはわからないけれど、メッセージは送ってみる」

「今すぐね」

「はい」

諒子ちゃんに見張られた状態で、オーナーにメッセージを打つ。

『お久しぶりです。テストが終わりました。今晩、会えませんか？』

それだけの、シンプルなものだった。震える手で、送信ボタンを押す。

「よし！」

諒子ちゃんはよく頑張ったと褒めてくれた。ちょっとだけ照れくさくなる。

「じゃあ、乙ちゃんはおめかしをしていて。私はこれからとっておきのお菓子を買いに行くから」

「本当の本当に、いいの？」

「よかよか、私に任せんさい！」

長崎弁でそう言って、諒子ちゃんは元気よく去っていった。

今日着る着物は、祖母から譲り受けた盛夏《せいか》用の薄物だった。淡い水色地に紫色の小花が描かれ、合わせる帯は濃い緑。全体的に涼し気なデザインで、初夏にぴったりな一式といえよう。みんなで着物の柄を見せ合い、キャッキャしながら着付けをして、最後に写真を撮り合って終了。

サークルの集まりが解散となってから、オーナーにメッセージを送っていたことを思い出す。あんなに緊張しながら送ったのに、まったく図太いものだと我ながら呆れる。スマホを見ると、メッセージが一件入っていた。

ドキドキしながら開く。返事の内容を見るのが怖くって、思わずぎゅっと目を瞑《つぶ》ってしまった。けれど、いつまでもこうしているわけにはいかないので、瞼を開く。

オーナーからの返事は――。

『迎えは何時？』

なんともシンプルな一言だった。それを見た瞬間、喜びと安堵と緊張と、さまざまな感情が押し寄せてくる。よくよく見ると、オーナーはすぐに返してくれていたようだ。慌てて返信する。

それから、諒子ちゃんにも報告した。お菓子は私のロッカーに詰めてあるとのこと。急いで取りに行く。

買って来てくれたお菓子は、餅を炒って生姜風味の白砂糖のすり蜜をかけ、さらに乾燥させた『甘菊《かんぎく》』というものらしい。

時間があったので調べてみると、伝統的な製法で作っているお店は一軒だけ。さらに、作られるのは年に七回ほどで、予約だけで売り切れてしまうのがほとんど。店頭に出ることはほぼないとか。

諒子ちゃんってば、本当にとっておきのお菓子を用意してくれたんだ。

私はそれを風呂敷に包み、ぎゅっと抱きしめる。これは頑張らねばと気合いを入れ直し、待ち合わせの場所に向かった。

正門に続く急な階段を慎重な足取りで進み、門を抜けた先の緩やかな坂を下る。

若干道が開けた所に、オーナーの車が停まっていた。駆け寄っていきたかったけれど、草履《ぞうり》を履いているので無理はしないほうがいいと思い、ドキドキしながらゆっくりと歩いていく。

窓を覗き込み、「オーナー」と声をかけると、びっくりした顔でこちらを見る。その反応を面白がっていたら、早く乗るようにと手で招かれてしまった。助手席に乗り込み、シートベルトを着用する。準備が整ったところで、車はゆっくりと動き出した。

「なぜ着物……？」

「今日、サークルで着付け講習があって、せっかくなので」

オーナーは一瞬びっくりした表情を見せただけで、この質問のあとはまったく関心を示さなかった。……誰だったかな。大人の男性は女性の着物姿に弱いだなんて言っていたのは。

まぁ、こういう場合は着る人による、の一言なのかもしれない。

「似合わないですか？」とか言ってみて、感想を引き出したいような気もしたけれど、「まぁな」の一言で終わりそうだったので、止めておいた。

それにしても、不思議に思う。オーナーと会う日は必ず雨の夜。こうして晴れた日にドライブしているという状況は、なかなかレアだ。こんな大人の男性が、小娘の誘いに応じてくれるなんてありがたいなぁと、心の中で手を合わせて感謝する。

「――で、今日はなんの用事だ」

「あ、はい。デートをしたいなと思いまして」

私の言葉を聞いたオーナーは、ピシッと固まる。「信号、青ですよ」と教えると、オーナーはノロノロと車を発進させ、そのまま黙り込んでしまった。

やっぱり迷惑だったかな？　でも、正直な人なので、そうだったらきっぱり拒否をするだろうから、大丈夫だよね？

「オーナーの顔を見たかったんです」とでも言えばよかったのか。いや、そっちのほうが恥ずかしいような気がする。

私がオーナーの思い人、七瀬さんに勝てる要素なんかひとつもない。なので、諒子ちゃんが言うように、当たって砕けろという作戦に出るしかないのだ。

車内は沈黙に包まれている。もしや、デートと言われてオーナーも照れているとか？　横顔をちらりと盗み見る。無表情だった。まったく判断できない。

この、気まずい空気をどうにかせねばと、話題を探した。

「えーっと、今日はいい天気ですね」

「そうだな」

はい、終了ー。まぁ、結果はなんとなくわかっていたけれど。

もう諦めて、静かな中でのドライブを楽しむことにした。

オーナーが連れて来てくれたのは、高台にあるちゃんぽんと皿うどんの専門店。夜景が綺麗な場所で、ちょっとしたデートスポットになっているらしい。

「おお……」

着物にちゃんぽんの汁が飛びそうだなとかちょっと思ったけれど、それはどこでも一緒だ。むしろ、フレンチやイタリアンとかだったら、ソースの色が濃いぶん、付いたら大変だろう。むしろ、ちゃんぽんでよかった。

「どうした？」

「いいえ、なんでも」

実は長崎に来てから、一度もちゃんぽんを食べていなかったのだ。一回、諒子ちゃんを誘ったら、全国にお店があるチェーン店に連れて行かれそうになった。長崎に来て、なぜ東京にもある店のちゃんぽんを食べなければならぬのか。いや、あそこのちゃんぽん、おいしいけど。

でもでも、せっかく長崎にいるのだから、ここでしか味わえないものを食べたかったのだ。そう熱く主張すれば、面倒くさそうに「長崎人はあまりお店には食べに行かないよ。たぶん、出前が多いかも」と教えてくれた。なんでも、大皿に数名分盛り付けたものが届くらしい。一度頼んでみたい。

「本格的なちゃんぽん、一度食べてみたかったんです」

「そうか」

建物は古く、明治時代よりお店を始めた老舗で隠れ家的なお店とのこと。夜景目当てなのか、店内は大変賑わっていた。三、四組、店先に行列ができている。しばらく待つと、店員さんが席まで案内してくれる。メニューを眺め、どれにしようかと迷う。が、ここは王道のちゃんぽんでいくべきだろう。だがしかし、皿うどんも捨てがたい。皿うどんには細くパリパリとした細麺と、焼きそばの麺のような太麺の二種類があるようだ。どちらもおいしそう。

「太麺の皿うどんって初めて見ました」

「長崎では、こちらを好む人が多い」

「そうなんですね」

細麺のように揚げるのではなく、表面をカリッカリに焼いた太麺に餡をかけるらしい。これもおいしそうだ。すっごくすっごく悩んだ挙げ句、私はちゃんぽんを頼んだ。オーナーは太麺の皿うどんを頼んだようである。

しばし、窓の外から見える夜景を堪能する。見えるのは、港と海と山。それから、灯りが点った美しい街並み。思わずほぅとため息が出てしまう。

「綺麗ですねえ」

「……ああ」

本当にそう思っているのか、オーナーは窓の外をまったく見ていなかった。むしろ、私のほうに視線を向けている。適当にもほどがあると思う。

「このお店にはよく来るんですか？」

「いや、初めて来た」

「あら、そうなんですね」

やっぱり、諒子ちゃんが言っていたとおり、長崎の人はあまりお店でちゃんぽんを食べないのだろうか？　そんな話をしているうちに、ちゃんぽんが運ばれてくる。

麺の上に野菜と魚介がたっぷりと載った、ボリューム満点の一品だった。いただきますと言って、まずはレンゲを握ってスープを飲む。白濁《はくだく》したスープは、濃厚そうな見た目に反して意外とあっさりめ。出汁は豚と鶏かな？　魚介や野菜の風味も効いている。具はキャベツにもやし、きくらげ、ちくわ、豚肉、海老にイカ、牡蠣《かき》、珍しいピンクと黄緑の蒲鉾《かまぼこ》が。

唐灰汁を使って作られた麺はモチモチプリプリとした食感だった。おいしくて、頬が緩む。着物だからお上品に少しずつとか考えていたけれど、すっかり忘れて夢中になって食べていた。

ふと、オーナーが皿うどんにソースをかけているのを見て、びっくりする。

「ソースなんですか？」

「ああ」

「へえ……」

「もしかして、変わっているとか思っていないだろうな？」

「へへ」

笑って誤魔化す。正直にいえば、皿うどんにソースは変だなって！

「ここでは好んでソースをかける人もいる」

「ソースがお好きなんですね」

「その顔、疑っているだろう？」

「そんなことないですよ」

いや、まぁ、疑っているけれど。だって、皿うどんにソースだなんて……。

オーナーはソースがかかっている部分と、かかっていない部分を小皿に取りわけ、私に食べるように差し出してくる。

「食べ比べてみろ」

「わぁ、ありがとうございます」

まさか、太麺皿うどんを食べられるとは！　ありがたくいただくことにする。まずは、何もかけていないものから。

「おいしいです」

でも、なんか想像していた味と違った。餡がマイルドというか、塩っ気がないというか。見た目に反して、全体的に控えめなお味。太麺はちゃんぽん麺と同じ種類だろうか。表面はカリッと香ばしい焼き目が入っており、中は餡がよく絡むやわらかい麺だった。太麺は皿うどん界ではマイナー？なイメージだけど、個人的にはこちらが好みだ。気を取り直して、次に、ソースをかけたほうをいただく。

「あ、これだ！」

味に足りないものと言ったら失礼な気がするけれど、ソースをかけたほうが断然おいしくて、味が完成されているような気がした。

「皿うどんにソースがこんなにも合うとは……」

「そうだろう」

意外な発見だった。なんでも、長崎料理の味付けは全体的に甘めらしい。皿うどんに至っては、ソースをかけたらちょうどいい味になるとのこと。なるほどなー。

「皿うどんに砂糖をたくさん入れるのも、長崎くらいだろう」

「もしや、シュガーロードの影響でしょうか？」

「だろうな」

皿うどんにまで和華蘭文化があったとは、驚いた。奥が深い、長崎の歴史。

ちゃんぽんと皿うどんに大満足していたら、食後にマンゴープリンが運ばれてきた。

どうやらお店のサービスらしい。お腹いっぱいだったのに、甘いものは別腹で、こちらもペロリ。あっという間に食べてしまった。

店は相変わらず混んでいるので、ゆっくりせずすぐに出ることに。会計でオーナーと揉める。今日は私が誘ったから支払うと主張したが、奮闘も空しく、今回もオーナーの奢りとなってしまった。

時刻は九時半。なんだかこのまま別れるのも味気ないなと思っていたら、その辺にあった喫茶店に寄ってくれた。まだ一緒にいられると、嬉しくなる。しかし、だからといって話すことがあるわけではない。

適当に話題を探し、学校の話をすると律儀《りちぎ》に相槌を打ってくれるオーナー。たまに目を細めて、笑ってくれる。不意打ちなのでドキドキしてしまい、上手く続きを話せなくなった。いつも無表情か不機嫌な顔をしている人の笑顔なんて、破壊力抜群だろう。前に比べて笑ってくれるようになったけれど、なかなか慣れないのだ。

あっという間に素敵な時間は過ぎて、家まで送ってもらう。

「オーナー、今日はありがとうございました。楽しかったです」

「それはよかった」

車から降りて、そのまま見送ろうと佇《たたず》んでいた。が、なぜかオーナーも車から降りて来る。手には風呂敷の包み。

「忘れ物だ」

「あ！」

それは、諒子ちゃんが買ってきてくれた、とっておきの「甘菊」。後部座席に置いたまま、すっかり忘れてしまっていた。反省、そして諒子ちゃん、ごめんなさい。

「それは、オーナーへの贈り物です」

「そうだったのか」

「はい、長崎の珍しいお菓子だそうです。友人が買ってきてくれました。よろしかったら、どうぞ」

「わかった。ありがとう」

受け取ってくれてホッとした。

「じゃあ」

「はい」

今度こそ、本当のお別れ。

「ではまた、雨の夜に」

「きりきり働いてくれ」

「了解であります」

着物姿で敬礼をして、オーナーの車が街角に消えていくのを見送った。

梅雨が明けると、夏本番。澄んで雲ひとつない夏の青空は気持ちがいい。なんだかワクワクしてしまうのは、夏休み前だからか。けれど、雨が降らなくなって『小夜時雨』でのお仕事は激減してしまった。もちろん、オーナーにも会えていない。

こういう時、雨が降る夜のみ営業というコンセプトを微妙に思ってしまう。

この前、着物でデートに誘った日は諒子ちゃんに背中を押され、勢いでメッセージを送ってしまったけれど、プライベートでのメールなんて、そうそう気軽にできるわけがない。

遊びに行ってもいいかという内容を打っては消し、消しては打ってを繰り返す。

机に突《つ》っ伏《ぷ》し、はあとため息。暇なのだ。

次の講義まであと一時間。むくりと起き上がり、本でも読もうと鞄を開くと、メール着信を告げる猫の声が聞こえた。ドスの利いた猫の鳴き声を登録している相手は、オーナーだ。

私は鞄から即座に手を離し、机の上に置いてあったスマホを手に取る。メールを開いてみると――。

『今晩、甘菊を食べる。夜、小夜時雨に来るように』

なんとまあ、オーナーからお誘いが！

こちらの予定を聞かないで決定しちゃうところが最高に俺様っぽいけど、こんな風に声をかけてもらえるのはものすごく嬉しい。なお、来る前には連絡をするようにと書かれていた。

講義は次の一コマを受けたら終わり。なので、九十分後、十三時には暇になる。

一度家に帰って着替えて――と思ったけれど、気合いが入りまくりの恰好なんかで行ったら確実に引かれてしまいそう。今日の服は薄手のシフォン生地のチュニックにジーンズ。そこそこ悪くない恰好だ。

お昼からではだめだろうか？　と、メールをしてみたら、その時間帯でも問題ないという返信が。

そうと決まれば、講義までの空き時間を利用してメイク直しをしよう。夏はすぐにメイクが落ちてしまうので、化粧道具の入ったポーチを携帯しているのだ。

しっかり化粧を直した状態で講義に挑めば、教授から「珍しくメイクに気合いが入っている日高さん」と当てられてしまった。

もう少し控えめにしようかと思った瞬間である。

講義が終わると、演習室を慌てて飛び出す。教授の話が長くて、三十分ほど延長していたのだ。こんなこともあろうかと、待ち合わせ時間を念のために講義終了から四十分後に指定していたのに。急いでいかないと遅れてしまう。

途中、すれ違った女の子達が、キャッキャとはしゃぎながら「坂の先に、神経質そうなイケメンがいた」と話をしているのが耳に入った。

確実にオーナーだ。案の定、正門から少し離れた石壁に、神経質そうなイケメンが寄りかかっている。

「すみません、遅くなりました」

「いや。今、来た」

まぁ、嘘ばっかりー！　でも、指摘しないで、それはよかったと笑顔で返しておいた。遅れたことを私が気にしないように、言ってくれたのだろうから。

オーナーと二人、歩いて『小夜時雨』に向かった。

——ひとつだけ言いたいことがある。

「オランダ坂」って名前と景色は大変素敵だけれど、デートとかには向かない。

照り付ける太陽を石畳はしっかり吸収して、地面から感じる熱気がすごい。

暑い、暑すぎる！　久々にオーナーに会えて嬉しいけれど、鉄板の上のお肉はこんな気分なのかなと、一瞬くだらないことを考えてしまった。現実逃避である。せっかく直したメイクもすっかり落ちているだろう。

　ああ、キンと冷えた麦茶が飲みたい、今すぐに。グラスにたくさん氷を入れて、カラカラと涼やかな音を聞きながら、一気に飲み干したい。

　そんな思いが、脳裏《のうり》を過《よぎ》る。やっとのことで、『Café　小夜時雨』に到着した。

「アイスコーヒーとアイスティー、麦茶、どれがいい？」

　オーナーのアイスコーヒーとアイスティー、共にかなりおいしいけれど、今日ばかりは麦茶一択だろう。キッチンに向かうオーナーのあとに続こうとすると、指先で額を押されて椅子に座っていろと言われた。

　しばし待っていると、盆を持ったオーナーがやって来る。竹で編んだコースターが敷かれ、その上に麦茶の入ったグラス。次に、甘菊が載ったお皿が差し出される。

「これが――長崎の希少な伝統菓子」

「俺も初めて見た」

　黒い磁器のお皿に盛り付けられた、真っ白なお菓子。色の対比が美しい。

　甘菊はるか昔、明《みん》との貿易で渡ってきたものだとか。寒い時期に仕込みを行うので、『寒菊《かんぎく》』という名も広がっている。お菓子の見た目が雪を被った菊のように見えることから、寒と甘の文字をかけて名付けられたらしい。

「どんな味がするんでしょうね」

「まぁ、食べてみろ」

オーナーの分のお茶はなく、席にも座らず、私を見下ろしている。

そんな、食べづらい……。だが、喉の渇きと甘菊への興味には勝てなかった。

まずは麦茶のグラスにストローを差して一口。

ああ、おいしい。夏の麦茶は最高である。

次に、甘菊を摘まんでみた。真っ白な干し菓子は降り積もった雪のように繊細に見える。口に含めばパキリと音が鳴り、ほろりと崩れた。品のある甘さと、生姜の風味が口の中に広がる。

「わ、おいしいです。ほどよく甘く、生姜がいいアクセントになっていて、それからなんか、香ばしさも感じるような……」

私の食レポが微妙を通り越してまったく味が伝わらなかったからか、オーナーはお皿の上の甘菊を摘まんで口に含み、眉間に皺を寄せて「硬い」と呟いていた。

「だが、うまい」

「ですよね！　こんなお菓子、初めてです」

大変貴重なお菓子なので、ゆっくりと味わい、堪能した。

夏休みの思い出

八月となり、楽しい夏休みに突入！　だけど、高校時代のように能天気に過ごすわけにはいかなかった。

課題はあるし、夏休みの半ばにある集中講義や、それについてのレポートも提出しなければならない。一番重要なことといえば、アルバイトだった。当然ながら、夏なので雨があまり降らない。なので、『小夜《さよ》時雨《しぐれ》』でのお仕事はほとんど入らないだろう。

しかしながら、収入の予定はないのに、欲しいものは山のようにある。

お洋服に、アクセサリー、鞄に化粧品、靴など。挙げればきりがない。

なので、物欲を解消するためかつ、何事も挑戦だと思い、朝から昼までのバイトを一件入れてみることにした。

新しいアルバイトについて、オーナーには言っていない。別に掛け持ち禁止とか言われているわけではないけれど、なんだか浮気をしているような気がして……。

でも、そういうことを考えるのも自意識過剰に思えて、余計に言えないでいる。

諒子ちゃんには話をしていた。とはいっても、市民プールの駐車場でアイスを売っているとしか伝えていないけれど。今日も朝の八時からお昼の十二時まで頑張らなければならない。気合いを入れて、熱中症と日焼け対策をする。

売っているのはシャリシャリしていて、さっぱりとした味わいのアイス。長崎の人達に昔から「花のアイス」と呼ばれ、愛されているものらしい。観光地やスポーツ観戦場、果ては車通りの多い道路の脇など、さまざまな場所で売られている。

このアイスはその名のとおり、ヘラでお花の形を作って売るのだ。最初は時間がかかって大変だったけれど、毎日作るうちに慣れてきた。まだ先輩のように、完璧ではないけれど。

小学生の少年達にアイス売りのババアと呼ばれても、凹《へこ》まずに頑張っている。生意気な子も、アイスを笑顔で食べている間は可愛いのだ。

「すーすーすーね」

「すーすーす！」

謎の言葉「すーすーすー」。長崎弁だろうけれど、意味がわからない。少年達に質問をしたら、「ふーけ」「ふーけもん」と言われてしまった。「ふーけ」もわからないけれど、いい意味でないことは確か。

うーむと考えている間に、少年達は笑いながら走り去ってしまった。長崎弁の難しさに、ぐぬぬとなる。

お店は屋根付きの台車みたいなもの。販売時は上にパラソルをさすのだ。

ちなみに、装備は先輩からいただいた農作業で使うつばが広くて、後ろに日除けの布が付いている帽子に、首もとはタオルを巻き、割烹着のような長袖《ながそで》の白衣を着る。下は長ズボン。見た目的には、ババア呼ばわりされても仕方がないのかもしれない。悲しいけれど。

アイスは百円とお手頃良心価格なので、飛ぶように売れる。小さな子ども達が笑顔で受け取ってくれて、「お花綺麗ね」とか「おいしい」と言ってくれたりするのは本当に嬉しい。やりがいのあるお仕事だった。

十一時のプール休憩を知らせる放送が響き渡る。もうすぐ勤務時間も終わりとなる。もう汗だくなので、一刻も早く家に帰ってシャワーを浴び、冷気の効いた部屋で読書をしたい。けれど、昼間からクーラーを入れていたら電気代が大変なことになる。親の脛《すね》を齧っている以上、なるべく負担はかけたくないし……。

そんなことを考えている間に、プールの十分休憩が終わる放送が聞こえた。残りの勤務時間は五十分！　気合いを入れ直し、お客様が来たのでヘラを握って挨拶をする。

「いらっしゃいませ」

お客様は男女二人組だった。デートですか、いいですねと内心思いながら声をかけると、思考が停止してしまった。

なぜかといえば、目の前に立っていたのが、諒子ちゃんとオーナーだったから。

「――あ、やっぱ乙ちゃんだったんだ！　あはは、なんでオバちゃんみたいな服装してんの？　うけるー」

諒子ちゃんは完全防備な私を見て、大笑いをしていた。遠目で見て、私ではなくおばさんだと思っていたらしい。一方、オーナーは私で間違いないと言っていたという。

そんな中で、オーナーのある異常に気付いた。目が真っ赤だったのだ。

「うわ、オーナー、目どうしたんですか？」

「コンタクトを入れるのに失敗した」

「あら、やっぱり目が悪かったのですね」

いつもはコンタクトを入れておらず、車の運転時のみ着用していたらしい。そのため目を細めてものを見る癖がついていたとのこと。目付きが悪かった謎もいまさら解決。ふたつ、オーナーの謎が解明した。

「普段、コンタクトを付けないのですか？」

「相性が悪い」

「眼鏡は？」

明後日の方向を向くオーナー。お得意の、答えたくないの姿勢だ。

以前、不審者から助けてもらった時には眼鏡を掛けていたので、なんとなく目が悪いんだろうなとは思っていたけど。しかし、なぜ普段は裸眼《らがん》で過ごしているのか。

謎が解決したばかりなのに、またひとつ増えてしまう。

「それはそうと、二人はどうしてここに？」

「乙ちゃんを見に。さっき、偶然コンビニで会って」

諒子ちゃんがオーナーにうっかり口を滑らせてしまったらしい。なんてこった。

「いやぁね、黙っていようかとお口チャックをしていたんだけど、どうしても言えって、向井オーナーが、無理矢理……」

「アイス一個で簡単に喋ったけどな」

知らないところで買収活動が起こっていたようだ。諒子ちゃんってば、口が軽い！

でもまあ、オーナーだから喋ったってことはわかっているけれど。

「乙ちゃんが可愛い恰好でアイスを売って、ナンパでもされていたら大変って話になってね、こうして駆けつけたんだけど、さ……」

こちらをちらりと見て、再び噴き出す諒子ちゃん。

「いや、でもいいね。すごく似合ってる！」

「嬉しくなーい！」

オーナーは呆れた顔をこちらに向けている。ここでさきほどの「すーすーすー」について聞いてみた。

「すーすーは冷たいとか、寒いとか」

「なるほど。ふーけは？」

「あほ、だと思う。若い人はあまり使わないからたぶんだけど」

あの少年達はお爺《じい》ちゃんとかお婆《ばあ》ちゃんの使っているのを聞いて言ったのかな？

「そういうの言われた時、どう返せばいいの？」

「なんねって言えばいいよ。なんですか？って意味」

「ふむふむ」

「ちょっと練習してみようか。向井オーナー、乙ちゃんになんか言ってみてください」

「……ぬくだらしか」

「なんね？」

「言い方が可愛すぎる、百点中三点。もっとこう、攻撃的に『なんね！』って言うの」

「いや、お客様に喧嘩を売るのはちょっと……」

ちなみに、「ぬくだらしか」は「蒸し蒸ししていて暑い」だとか。勉強になった。

その後、二人はしっかりとアイスを買ってくれた。花の形も褒《ほ》めてもらう。もう終わりだと言えばオーナーが車で送ると言ってくれたけれど、汗だくなので全力でお断りをした。諒子ちゃんはこのあとバイトらしく、ここでお別れとなった。

二人を見送ってからしばらく働くと、本日のバイト終了を告げる正午を知らせる音が鳴り響いた。楽しそうにはしゃぐ子ども達の声を聞きながら、交代のバイトさんに引き継ぎをし、化粧室でざっと汗を拭いてから帰宅した。

家に辿り着くと、わき目も振らずにお風呂でシャワーを浴びた。

その後、暑さに耐えかねてクーラーをつけ、昼食を食べることにする。メニューは、昨晩の残りのそうめん。冷蔵庫に入れていたので、キンキンに冷えている。上から麺つゆをかけ、手と手を合わせていただきます。午後からは一日のノルマである課題に手をつける。

途中船を漕《こ》ぎかけ、お昼寝とかしちゃったけれど、頑張って本日の分は達成。このあとは駅の近くにあるショッピングモールに行くため支度をする。

ブラウスとスカートに着替え、化粧をして、髪の毛はハーフアップにした。

時刻は十六時ちょっと前。マンションから路面電車で長崎駅のショッピングモールまで移動する。とりあえず、何か本を買おうと思い、三階にある行きつけの書店に向かった。

新刊コーナーをうろついていると、東雲洋子先生の本がずらりと並んだピックアップコーナーができていた。それだけでも嬉しいのに、驚愕の事実が発覚する。「探偵・中島薫子シリーズが舞台化決定！」と書かれた帯が巻かれていたのだ。まだ詳細は書かれていなかったけれど、これはすごい！

世紀の美女である薫子はどの女優さんが演じるのか。女装家の助手、川島《かわしま》は誰になるのか。ワクワクドキドキしながら、帯を何度も読み返した。嬉しくって、すでに持っている一巻だけどお布施《ふせ》代わりに買ってしまう。

しかし、そんなふわふわと浮かれている私を、覚醒《かくせい》させるような風景が窓の外に広がっていた。

――どしゃぶり！

それと同時に、鞄の中からドスの利いた猫の鳴き声の着信音が聞こえてきた。オーナーからさっさと店に来いという業務連絡だろうと、メールを開く。内容は、想像していたものとまったく違っていた。

『今日は来なくてもいい。炎天下の中でのバイトで疲れているだろうから』

オーナーの気遣いに、心が温かくなる。疲れていません！　むしろ、オーナーに会いたいです――なんてことは書かずに、『大丈夫です、元気です。稼がせてください！』と打って、出勤する旨を伝えた。

時刻は十八時過ぎ。雨のせいで、夕方とも夜ともいえる明るさだった。路面電車で向かうと伝えたけれど、オーナーはショッピングモールの駐車場まで迎えに来てくれた。昼間のコンタクトが辛かったからか、今度は眼鏡姿で現れる。助手席に座り、その姿をまじまじと眺めてしまった。

「あ、眼鏡」

覗き込めば、ふいと顔を逸らすオーナー。昼間の疑問をもう一度ぶつけてみる。

「あの、普段、どうして眼鏡をかけないのですか？」

「それは――」

秘密ならばスルーしてくださいと言ったけれど、オーナーは手招きして近う寄れと言わんばかりの仕草を取る。身を寄せれば、耳元でそっと囁いてくれた。

「――サラリーマン時代に『経理部の小姑《こじゅうと》眼鏡野郎』って呼ばれて、微妙な気分になった」

「それはそれは」

新事実！　オーナーにもサラリーマンだった時があったとは。スーツを着て、事務仕事をするオーナーなんて、まったく想像できない。

それにしても、「経理部の小姑眼鏡野郎」だなんて。失礼ながら、ちょっと笑ってしまった。ジロリと睨まれてしまったが、我慢できず笑いが止まらない。落ち着いたあと、重ねて質問をする。

「経理部の小姑って、どんなことをしていたのですか？」

「他の部署の経費申請におかしな点があれば指摘を――いや、そんな風に言われるような仕事はしていない、断じて。仕事として、すべきことをしていただけだ」

「な、なるほど」

しかし、そこで言われたことを気にしているなんて。眼鏡姿、なかなか素敵なのに。

「でも、裸眼だと、いろいろと不便じゃないですか？」

「まぁ、不便といえば不便だ」

眼鏡、とても似合っていますよと言うと、意外そうな目で見られた。だが、すぐに真顔に戻る。

「なんだ、点数稼ぎか？」

「へへ、実は！」

なんて、冗談を言っていたら、車にエンジンがかけられ、ゆっくりと走り出す。

駐車場を出ると、窓に大粒の雨が落ちてきた。ザァザァと勢いよく降る夏の雨を見たオーナーは、「天の恵みだ」と呟く。私も、オーナーに一日に二回も会えたから、恵みの雨だなと思った。

本日のメニューの打ち合わせをしたのちに、『Café　小夜時雨』はオープンとなる。

雨の勢いはさらに強くなっていたが、開店して十分と経たずに、お客様がご来店。

「いらっしゃいませ……あら、こんばんは」

「どうも、お久しぶりです」

「雨、すごいですね」

「ええ、本当に。今日もやられましたよ」

お客様はすっかり常連となった、銀行営業マンの飯田さん。折りたたみ傘しか持っておらず、両肩を濡らした状態だったので、お店のタオルを貸す。席まで案内をしていたら、またしても扉の鈴の音が。飯田さんにメニューの紹介をしたあと、急いで出迎えに行く。

「いらっしゃいませ、あ、諒子ちゃん」

「……酷い目に遭った」

「あら」

二人目のお客様はバイト帰りの諒子ちゃん。学校に忘れ物を取りに寄っていたら、雨に遭遇してしまったようだ。折りたたみ傘は持っていたみたいだけれど、この勢いなのであまり意味はなかった模様。

諒子ちゃんにもタオルを渡し、席まで案内をした。

「んー、今日のメニューは、『かんざらしとお抹茶』？　かんざらしってなんだろう」

本日のメニューは、長崎出身の諒子ちゃんも知らないものらしい。かんざらしは長崎県南東部にある島原《しまばら》市の名物だと、オーナーが教えてくれた。

「なんでしょうね。気になるなぁ」

当然ながら、東京からやって来た飯田さんも知らない。

「それよりも、今日の日高さんは雰囲気が違いますねー」

「突然の雨で、私服のまま来てしまって……」

「いえいえ、素敵ですよ。若奥様みたいで！」

「ありがとうございます」

ここ最近、おばちゃん呼ばわりされていたので、若奥様でも嬉しい。けれど、諒子ちゃんは「十代の女子大生を若奥様と呼ぶな」と怒っていた。相変わらず、大人の男性相手でも容赦ないなと思う。飯田さんが気にしていないのが救いだろう。と、二人のやりとりを見ている暇はない。抹茶を点てなければならないので、キッチンに戻る。

オーナーは二名分のかんざらしを用意していた。

それは、水の都とも呼ばれる島原の湧き水で作った白玉《しらたま》を冷水にさらし、蜂蜜と中双糖で作った蜜をかけたもので、百年以上前に中国より伝わった伝統的な甘味なのだ。大寒の日に、材料となる餅米を水にさらすことから、『寒《かん》ざらし』と呼ばれるようになったらしい。

なんと、オーナーはわざわざ島原から湧き水を取り寄せ、白玉団子を作ったらしい。特製の蜜はお手製だとか。

と、ここで我に返る。抹茶を点てなければ。

特訓の成果か、以前よりもおいしく点てられるようになった気がする。付き合ってくれたオーナーには感謝だ。

薄茶が二人分できたのと同時に、かんざらしも完成。

澄んだ蜜に白玉団子が浮かぶ姿は大変涼やか。

飯田さんと諒子ちゃんはかんざらしを見て、驚いた顔を見せていた。

「なんか、乾燥したものが出てくると思っていました」

「私も」

乾燥の「乾」ではなく、寒気とかの「寒」でした！　私もまだ食べていないので、どんなものかと二人が食べる様子を、じっと見守ることにした。

「あ、おいしい！」

「すごく、上品なお味がしますね」

ひんやりとした蜜とモチモチの白玉はほどよい甘さで、ツルリとした喉越しも素晴らしく、蜜は甘いけれどあとを引かない爽やかな風味だとか。二人はあっという間に完食してしまった。

「いやはや、今日も大変おいしゅうございました」

「ありがとうございます。オーナーにも伝えておきますね」

営業で各地方を回っているらしい飯田さんは、「島原に行く時は絶対に食べます」と言っていた。

「本日はご報告があって――」

オーナーにも聞いてほしいようだったので呼びに行った。何かと思えば、なんと以前話をしていた難しい契約が無事に成立したそうな。

「うわっ、おめでとうございます！」

「ありがとうございます！」

頑張りが実ったのですねと言うと、自分の力だけではないという謙虚な飯田さん。

「教えていただいた金平糖のおかげですよ。あの手土産で、心を掴んだ気がします」

金平糖を作るように、じっくりと関係性を作り上げていきたいと、話が大いに盛り上がったとか。それに加え、契約を持ちかけた方は、織田信長のファンだったらしい。

「この契約も、南蛮貿易を推した織田信長のように、受け入れるのもいいのかもしれないと、心変わりしてくださったのです」

かつて天下統一を狙っていた織田信長は、外国の文化や品物に対し、深い興味を示していた。新しいことを受け入れることの利益に、いち早く気付いていたのだ。

「というわけで、私は長崎の歴史と文化、そして、織田信長、向井オーナーによって助けられたのです」

飯田さんは契約が決まって、本当に嬉しそうだ。

金平糖と南蛮貿易が繋げる縁というのも、素敵な話だと思った。

本日も雨。夕方、オーナーに連絡をして、明るいうちから『Café　小夜時雨』へと向かう。どうやら今日は忙しいらしく、いつもだったら迎えに行くと頑固なのに、『気を付けて来るように』という返信だった。

久しぶりに雨で濡れたオランダ坂を、気合いと共に上ったが、夏の雨の日は大変蒸し蒸しする。『小夜時雨』に到着するころには、じっとりと汗をかいていた。額に滲むものをハンカチで軽く拭い、裏口から店内へと入る。

「こんばんはー」

声をかけたが、休憩室にもキッチンにもオーナーは見当たらない。でも、クーラーはついているので、どこかにいるのだろう。『小夜時雨』は二階建てで、もしかしたら上の階にいるのかもしれない。深く気にも留めず、フロアの掃除を始める。

途中、オーナーが二階から勢いよく下りて来たので、驚いてしまう。顔も強張っていて、ちょっと怖い。つかつかと早足で近づき、額をちょんと軽く突かれた。

「来ていたのなら、声をかけろ」

「す、すみません」

勝手に二階に上がるのもどうかなと思って、連絡を怠《おこた》ってしまった。メールでも電話でもすればよかったのだと反省する。

「以降、気を付けます」

「……いや、よくよく考えれば、二階にいた俺も悪かった」

「そんな、オーナーのせいじゃないですよ」

どうやら来るのが遅いと、心配していたらしい。電話も何回かしたとか。スマホは休憩室にある鞄の中なので、まったく気付かなかった。

「やっぱり迎えに行けばよかった」

「いいえ、とんでもございません！」

お忙しかったのですよねと聞けば、ふいと顔を逸らされてしまった。まぁいいかと。

今日のメニューについて聞いてみることにした。

「今日は、ミルクセーキとコーヒー」

「まさかの飲み物攻めですか？」

「長崎のミルクセーキは飲み物ではない、食べ物だ」

知らなかった。通常のミルクセーキは、卵黄と砂糖、牛乳で作る飲み物だけど、長崎のそれは氷を入れて、シャーベット状に仕上げるらしい。今から作ってくれると言うので、キッチンに行って調理する様子を見守る。

材料は卵、砂糖、牛乳、バニラエッセンス、練乳《れんにゅう》、氷。

まずは、卵黄《らんおう》と練乳をボウルに入れ、泡だて器で混ぜる。それに、砂糖とバニラエッセンスを加え、さらに攪拌《かくはん》。最後に、かき氷器で削った氷を混ぜれば長崎風ミルクセーキとなる。細長いグラスに入れ、てっぺんに缶詰のさくらんぼを飾ると完成だ。

出来立てのミルクセーキを、オーナーは「食べてみろ」と手渡してくれた。

さっそくクリーム色の、淡雪のようなシャーベットをスプーンで掬う。ミルクの優しい風味が口の中に広がり、一瞬にして消えていく。甘さもほどよく、濃厚な見た目だけどくどくない。今日みたいな暑い夜に、ぴったりな氷菓だと思った。

ミルクセーキはミルクシェークが鈍《なま》った言葉。大正末期から昭和初期、夏の暑い日に、坂を上る人々が涼んでほしいと、とある喫茶店のマスターが考案したとか。それが長崎中に広がり、地元の方々に愛される食べ物になったそうだ。

「飲むほうのミルクセーキ。子どものころ、祖母によく作ってもらったんです。まさか、それがシャーベットになっていたなんて」

高校生になってからは、太るからいいと断っていたような気がする。なんだか悪いことをしたなぁと、一、二年前を切なく振り返ってしまった。最後に飲んだのは中学生の時だろうか。あの味が懐かしくなった。

「ありがとうございました。おいしかったです」

オーナーはその言葉に返事をせずに、メニュー表をフロアに貼って来るようにと手渡してくる。壁に『本日の品目　ミルクセーキと珈琲』と書かれた半紙を貼っていると、カランカランと扉が開いた音が。出迎えに行くと、見知った顔だった。

「わぁ、七瀬さん！　いらっしゃいませ」

「こんばんは、日高さん」

やって来たお客様は、あおい出版の七瀬さん。今日もスーツスタイルがビシッと決まっている。「雨に降られちゃって」と、困った顔で雨粒をハンカチで払っていた。

「タオルをお貸ししましょうか？」

「お願いできるかしら」

「はい」

奥の部屋からタオルを持ってきて、七瀬さんに手渡した。席まで案内をして、本日のメニューを紹介する。

「今日はミルクセーキとコーヒーです」

「どちらも飲み物なの？」

「いえ、長崎のミルクセーキは飲み物ではなく、シャーベットなんですよ」

「へえ、そうなの」

「実は私も今さっき、知りました。『すーすーすー』なんですよ」

「すーすー？」

ここで、この前聞いた長崎弁の意味を語って聞かせる。

「なるほど。日高さん、実家は東京なのによく知っているのね」

あれれ？　私、七瀬さんに実家が東京だという話をしたっけ？　首を傾げたが、記憶にないような、あるような。オーナーが話したのかもしれない。若干引っかかったものの、キッチンにオーダーを伝えに行く。

「オーナー、お客様です」

「わかった」

「七瀬さんですよ」

名前を伝えると、途端に目を見開くオーナー。私にここにいるようにと命じて、早足でフロアに出て行く。その後ろ姿を見送りながら、複雑な気分になった。

誰かが来店して、あんな風に会いに行くことなんて今までなかった……。

やっぱり、オーナーにとって七瀬さんは特別な人なのだろう。七瀬さんは綺麗だし、落ち着いた大人の女性だ。オーナーと並んだ姿も、お似合いに見える。

思わず、はぁーと長いため息を吐いてしまった。

コーヒーカップの準備をしていると、オーナーが戻って来て、無言でミルクセーキを作り始める。私は隣で、かき氷器を使って氷を削る作業を行った。

七瀬さんは冷たいものが食べたかったと、ミルクセーキを大変喜んでいた。

「本当に、すーすーすー、なのね」

「はい、すーすーすーなんですよ」

なんか、発音とか使い方とか違うような気がするけれど、楽しいのでよしとする。

いつもキッチンに引きこもっているオーナーが、七瀬さんに積極的に話しかけている。私が入る隙間など、微塵《みじん》もない。二人の姿をなんとなく見ていられなくなって、窓の外を眺める。ザァザァと降る雨はまだ止みそうにない。

片思いとは、こんなに辛いものか……。でも今は仕事中。感傷《かんしょう》に浸《ひた》っている場合ではない。気を取り直して、空《から》になったカップを下げて去ろうとすると、七瀬さんに引き止められる。

「日高さん、東雲先生の『探偵シリーズ』の舞台化の話、知っている？」

「あ、はい！　びっくりしました」

思わず帯が付いた本を買ってしまったと言うと、公式サイトにある情報なのにと笑われてしまった。

「でも、サイン本プレゼントにも心惹かれてしまって」

「そういえば、そうね」

そう。新たな帯が巻かれた本には、東雲洋子の著作を二冊買って応募券を送ると、抽選でサイン本をプレゼントすると書かれていたのだ。

「東雲先生、どんなサインを書かれるのでしょうか？」

「滅多に書かない方だから、見てのお楽しみということで」

「だったら、ものすごく希少ですね」

「ええ、当選した人はラッキーかも」

「だったら、頑張って十冊くらい買って、応募を――」

「そんなに買わなくていい！」

なぜか、背後のオーナーから待ったがかかる。一冊千円以上する単行本ならまだしも、文庫本なのでそこまで出費はかさばらない。お小遣いをやりくりすれば、なんとかなる金額だった。なのにオーナーは「その金でうまいものを食べろ」と言ってくる。

「確かに。日高さん、ほっそりしているから、本を買うよりも、食費にお金をかけたほうがいいかも」

「いや、お恥ずかしいながら、ここ最近、体重は増える一方なのですが……」

頑張ってランニングを続けているけれど、頬のふっくら加減は変わっていない。体重も二、三キロは落ちたけれど、以降はどれだけ頑張っても減らないのだ。

「着痩《きや》せするタイプなのかしら？」

「ど、どうでしょう？」

七瀬さんみたいに、胸とお尻にお肉がつけばいいのですが!

悲しくなったので、今度こそグラスを下げてキッチンに引っ込む。調理に使った食器などを洗い、コーヒーメーカーも綺麗にする。なるべく二人がゆっくりと過ごせるように、私はキッチンの後始末に集中することになった。

――雨はまだ、止みそうにない。

激しい雨音は、私の心をいっそう不安定にしてくれるような、そんな気がした。


ショックな出来事は続くもので、オーナーより衝撃の業務命令が言い渡される。

「お盆の時期は雨が降っても来なくていい」

「えっ、なんでですか?」

「どうせ、役に立たないだろうから。来ても無駄だ」

衝撃の一言である。詳しい話を聞こうとしたけれど、不機嫌な様子でこちらに背を向けたので、追及はできなかった。オーナーは時々、こうやって壁を作り、私を近づけないようにするのだ。誰もいないところで肩を落とし、しょんぼりしてしまった。

帰りがけ、鍵尻尾が可愛いブチ猫のキーを見かけたけれど――、

「キーちゃん！」

「ぎにゃー」

近づいていったら、即座に逃げられてしまった。キーのご機嫌も、あまりよくなかった模様。しょんぼり。

あまりの衝撃に、翌日もそれを引きずってしまう。役に立っているとまでは言わないけれど、頑張っているつもりだったのになぁ。

そんな私を見て、ぎょっとしたのは諒子ちゃんだった。

「うわ、乙ちゃん、どうしたの？　ドン引くくらい、元気ないんだけれど」

「そんな、諒子ちゃん酷《ひど》い。私はいつもどおり――」

「じゃないから」

おでこをピンと、指先で軽く弾かれる。額を押さえながら、お盆の時期は役立たずになると言われたことを告白した。

「あ、なんかわかるかも」

「諒子ちゃんまで！」

「いやいや、悪いのは乙ちゃんじゃなくて。お盆の『精霊流《しょうろう》し』って知っている？」

「長崎での、お盆の行事だよね？」

「そう」

長崎では八月半ばのお盆の時期、「精霊流し」を行う。雨天決行で街中は交通規制が敷かれているらしい。この「精霊流し」とは、山車《だし》のような船に故人の霊を乗せて「流し場」と呼ばれる川まで運ぶ追悼《ついとう》行事だ。船の数は千五百ほど。

火が点《とも》された灯篭《とうろう》が川を流れる様子は、テレビなどでしか見たことがないけれど、なんとも幻想的だ。けれど、「精霊流し」は灯篭を川に流すだけの催しではないらしい。

当日、参加者は耳栓《みみせん》が必需品となる。なぜならば、爆竹《ばくちく》の爆音に街中が包まれるからだ。ちなみに、爆竹は魔除《まよ》けの意味合いがあり、道を清めるために放たれる。

「というわけで、お盆の街中は大騒ぎ。慣れていない人は爆竹の音が怖いし、街中を移動するだけで疲れてしまうだろうから、来るなと言ったんじゃない？」

テレビでは灯篭を流すところしか放送しないので、県外の人は爆竹の激しさに目を剥《む》くらしい。おそらく、私も爆竹を怖がるだろうとオーナーは判断したようだ。

要らない子扱いされたわけではないとわかってホッとしたけれど、きちんと説明してほしい。本当、頼みますよオーナー……。

夜のお出かけ

朝の涼しい時間、ひぐらしの鳴き声を耳にすると、ああ、夏も終わるんだなと、なんだか物悲しいような気分になる。大学も始まり、オランダ坂に挑む毎日が再開されていた。次の講義を待つ間、人がまばらな研究室で予定の整理をする。

夏休みの終了と共にアイス屋のバイトも辞めた。バーゲンにも行きたかったけれど、いろいろしていたらあっという間に夏休みは終わってしまったのだ。これからは学園祭の準備で忙しくなる。初めてなので楽しみだけど、バタバタしそうだ。

雨は……降るかな？

連日晴天で、『小夜《さよ》時雨《しぐれ》』でのお仕事はまったくなかった。

一回、帰りがけに覗いたけれど、洋館に人の気配はなし。ブチ猫のキーはうろついているけれど。

「キーちゃん、オーナーを見た？」

「にゃーお」

キーは日陰でごろごろしつつ、返事をしてくれる。

「もしも見かけたら、よろしくお伝えください」

「にゃー」

キーに伝言を託し、帰宅する。

それから数日経った。そろそろ、メールの一通くらい送ってもいいのかな……。ぼやぼやしていたら、オーナーと七瀬さんの恋も進展しちゃうかもしれないし、それは避けたいなぁと悩む。諒子ちゃんは若さと勢いを武器にしろと言う。けど、あまりぐいぐいと迫って、嫌われたら元も子もないし。

どうすればいいのか。圧倒的に恋愛経験値が足りなくて、詰んでしまう。

冷たい机に頬を付けただらしない恰好で、打ったメールをプチプチと消し、はぁとため息。メール画面の宛先にある向井オーナーの文字を眺めていると、するりとスマホが手から消えた。

「――え？」

びっくりして顔を上げると、諒子ちゃんが私のスマホを持って、画面を眺めていた。

「乙ちゃん、またオーナーさんにメールできていないの？」

「……えーっと、そうなんだけど」

特に用事はないし……と悲しい事実を告げる。

「あのね、会いたいって思ったら、それは重要な用事なんだよ」

「そ、そうなんだ」

どれくらい会っていないのかと聞かれ、指折り数える。……一ヶ月くらい？　雨が降った日は何日かあったけれど、夜になったら止むという日ばかりだった。よって、『Café　小夜時雨』は営業していなかった。

「そんなに会ってないのなら、絶対連絡したほうがいいよ」

「でも、前に会った時、忙しそうで」

「一ヶ月も経ったから、もう片付いているかもじゃん」

「うーん」

臆病になっているのは自覚していた。たぶん、今までの気軽な関係が崩れるのが怖いと思っているのだ。夜、雨が降ったら会えるのになと、ぼんやりと窓の外を眺めていたら、すぐ傍でメールの送信終了を告げる猫の鳴き声が聞こえてきた。

「――これでよしっと」

「り、諒子さん？」

「何？」

「……もしかして今、誰かにメール送りました？」

「送ったけれど」

あっけらかんとしている諒子ちゃんの手から、スマホを返していただく。特に抵抗されなかったのが余計に怖い。いったい誰に何を送ったのか。震える指先で、メール送信画面を開く。予想どおり画面の一番上には、オーナーの名前があった。

「いやー、諒子ちゃん、オーナーに何送ったの？」

「デートのお誘い」

「やめてー」

「もう、送っちゃったし、残念ながら止まらないよ」

メールの内容を見るのが怖かったけれど、確認をしなければならない。勇気を出して、画面を開いた。

『こんにちはー！　なんか、まだ暑いですね。突然ですが、夜のグラバー園に行きませんか♡』

内容を読んだ瞬間、私は指先の力がなくなり、スマホを机の上に落としてしまった。

「乙ちゃん気を付けないと、そのスマホの機種、長崎じゃ修理できないからね。福岡まで送ることになるらしいよ」

「り、諒子ちゃん！」

修理できる店舗がない事実にもびっくりしたけれど、今はそれどころではない。

「ど、どうして、オーナーにメール送っちゃったの⁉」

「だって、うじうじして、何もしないまま終わりそうだったから」

「それはそうだけど！」

「メールの内容が軽いよ！」と呟けば、ごめんねと言ってペロリと舌を出していた。

「ハ、ハートとか付けているし」

「いいじゃん。減るもんじゃないし」

「減るって！　私のハート、たくさん消費されたー」

頭を抱え、机に突っ伏す。次に、どんな顔をして会えばいいのか。でも、諒子ちゃんの言うとおり、うじうじしているだけだったら、嫌われるのを怖がったりしていたら、関係は進展しない。

「……本当、だめだよね」

「それが乙ちゃんだから。らしいといえば、らしいけど」

「うん」

両手で頬を叩き、気分を入れ替える。それから、諒子ちゃんにお礼を言った。

さっきのは友達のいたずらだったことを謝罪の言葉と共に打っていく。今持っている最大値の勇気を消費して、『でも、オーナーさえよかったら、グラバー園に行きませんか？』と、誘ってみた。大きく息を吸い込んで、送信ボタンを指先で押す。バクバクと激しい鼓動を打つ心臓を押さえ、ホッと息を吐き出す。

「これでよし」

「乙ちゃん、よくできました！」

褒められたので、でへへと笑ってしまう。

「そういえば、なんで夜のグラバー園？」

「ん？　知らない？」

「知らない」

「夜、グラバー園がライトアップされるんだよ」

「そうなんだ」

今の時期に限定して、営業時間が延長されているらしい。

「夜景も綺麗なんだって」

「うわぁ、行きたい！」

もしもオーナーに断られたら、一緒に行かない？　と諒子ちゃんを誘ってみたけれど、すぐにお断りをされてしまった。

「だって、あそこも坂ばっかだし」

「そっか……」

坂はオランダ坂でお腹がいっぱいだと、諒子ちゃんはうんざりしたようにぼやく。

講義が始まりそうなので席を立つと、低い猫の鳴き声の着信音が聞こえた。

これはオーナーからの返信音！　急いでメール画面を確認した。返事は、一行のみ。

『何時に迎えに行けばいい？』

「うわわ！」

驚きの声を上げる私を見て、諒子ちゃんが「よかったね」と言ってくれる。

きっと、今の私はゆるゆるに頬が緩んでいるに違いない。


サークルで学園祭の打ち合わせを終えたあと、キャンパスの廊下を早足で歩く。なんだか盛り上がってしまい、時間オーバーしてしまった。約束の時間まであと五分！

オーナーはいつもの場所にいた。息を整えたかったけれど、待たせているので、そのまま小走りで近づく。そこまで慌てて来る必要はないと呆れられてしまった。

「さ、誘った手前、遅れるわけには……」

「別に、待つくらいなんてことはない」

「これが、大人の余裕！」

ちょっと違うか。しかし、久々なので緊張する。喋り方とか、変じゃないかな？

ドキドキしながら隣を歩く。話題を探していると、オーナーから話しかけられた。

「今日は着物じゃないんだな」

「さすがに坂を上らなきゃいけないので」

意外と着物好きだったのか？　聞いてみると、「まぁ」と曖昧なご回答をいただく。

学園祭で明治時代の給仕みたいな、着物にエプロンを掛けた恰好で接客をするので、オーナーもどうかと誘ってみた。暇があったら遊びに来てくれると言ってくれる。

今日のオーナーはきちんと眼鏡を掛けていた。

「ちなみに、裸眼の視力はどのくらいで？」

「左右ともに０・２くらい」

「おお……」

そりゃ、顔を顰めて他人を見るわけだ。

「眼鏡姿も素敵なので、どうか常に掛けていてください」

でないと、お客様も怖いだろう。

オーナーは「わかった」と、返事をする。素直に聞き入れてくれてよかった。

車でグラバー園まで向かう。上る坂はオランダ坂よりも急な気がして、「ぎゃあ」と思わず悲鳴を上げてしまった。

車を降り、少しだけ歩いた先の土産街に出る。

「あ、オーナー。以前飯田さんが言っていたカステラ神社に、行きましょうよ！」

「本気か」

「本気です」

カステラ神社は建物の一角にどーんとあった。真っ赤な鳥居《とりい》をくぐって進み、階段を下りた先に、カステラ大明神のご神体が。

「なんと……」

カステラにキラキラの目と手足がある人形が鎮座していたのだ。おみくじや絵馬もある。オーナーは鼻先で笑っていたけれど、私は真剣に恋愛成就《じょうじゅ》のお祈りをする。

「もういいか?」

「あ、はい」

グラバー園へ向かう。入り口で素早くオーナーの分の入場料も払い、長い坂を通るエスカレーターに乗った。

グラバー園とは長崎の異国文化を象徴する、国の重要文化財に指定されている建物がある観光施設。

園内には九つの洋館があり、最も有名なのはグラバー邸。

英国人商人であったトーマス・ブレーク・グラバーの住んでいた邸宅は、日本で最古の洋館らしい。

夜の園内は雰囲気がぐっと変わっていた。灯りに照らされた洋館はどれも美しい。

幻想的な風景を眺めながら、先へと進んでいく。

「綺麗ですね」

「うちの店も照明を増やしたら、ちょっとは目立って客が増えるかもしれない」

「街灯、門の前と玄関先の二か所しかないですもんね」

『小夜時雨』もライトアップされたら綺麗だろうけれど、電気代がすごそうだなと、現実的なことを考えてしまった。

「実は、最初に来た時、霧がすごくてお化け屋敷に見えたんですよね」

「照明のせいだな」

しかし、オーナーは賑わっている園内の喫茶店を横目で見て、やっぱり増えなくてもいいかと、経営者とは思えない発言を呟いていた。

グラバー邸の前からは、長崎の夜景が一望《いちぼう》できる。シュガーロード始まりの地で、和華蘭文化で栄えた港町。美しい景色を眺めながら、感慨にふける。

しかし、ここで我に返る。オーナーは私に構っている暇はあったのかと。

「そういえば、お仕事はいいのですか?」

「ああ、おおかた片付いている。そのうち連絡をしようと思っていた」

「だったらよかったです」

邪魔したわけじゃないとわかったので、ホッとする。それと同時に、明後日から一週間、オーナーが東京に行くことが発覚した。

「でしたら、雨が降っても『小夜時雨』はお休みですね」

「そうなる」

冬が近づけばまた雨が増えるらしい。でも、今はまだ九月。冬まで遠すぎる……。

「本当に、綺麗ですね」

まだ帰りたくない。もっとオーナーといたいけれど……言えない。

景色を眺める振りをしつつ、そんなことを考えていたら、さっきと同じことを繰り返し言ってしまっていた。

「稲佐山《いなさやま》の夜景はもっとすごいと聞いたことがある」

「ロープウェイを使っていくんですよね」

「詳しいな」

「もちろんですとも」

一回、諒子ちゃんを誘って断られていますから！　デートスポットなので、景色よりもイチャイチャしているカップルに視線がいってしまうらしい。

それを言えば、オーナーに笑われてしまった。

「あそこよりも人が少なくていい場所を知っているから、今度連れて行ってやる」

「本当ですか！」

思いがけず、次の約束ができた。なけなしの勇気を振り絞ってよかったなと思う。

諒子ちゃんには心からの感謝だ。

夜のデートの翌日、予報外れの雨が降った。

昨日、オーナーとグラバー園に行ったばかりなのに、二日連続で会えるなんて、とても嬉しい。さっそく連絡をすると、迎えに来てくれると言う。最後の講義が終わり、待ち合わせ時間まで十分ほど余裕があったので、鞄の中の整理をする。

「あ、日高さん、いた！」

「はい？」

手を振りながらやって来るのは、巻き毛がオシャレな駒田《こまだ》さん。一緒の講義も取っていたし、同じ着物サークルだけど、個人的に話すのは初めて。リア充系の彼女とは、まったく接点がないのだ。

「今、友達からメールが来て、大学の外で黒縁眼鏡を掛けたイケメンがいたって言うんだけど、これって日高さんの知り合いだよね？」

「あ、たぶん……」

オーナー、もう来ているんだ！　早すぎる到着に、若干焦る。急いで筆箱やノートを鞄に詰め込んだ。

「もしかして、彼氏？」

「え？」

駒田さんの言葉にぎょっとする。即座に違うと首を横に振った。

なんでも、何度かオーナーと一緒に歩いているところを見かけたらしい。

「そうなんだ。なんだか親密そうに見えたから」

「えっと、バイト関係の方で……」

「どこでバイトしているの？　そこってまだスタッフって募集してる？　できれば、お店と男の人を紹介してほしいんだけど」

「あー……」

おお、駒田さんってば、肉食系女子……。

そういえば、最近サークルで、彼氏との別れ話を小耳に挟んでいた。ついでに高校時代から彼氏が途切れたことがない、モテ系女子ということも。改めて彼女を見ると、髪は綺麗なチョコレート色に染められていて、着ている服も可愛い。そして美人だ。

そんな人にオーナーを紹介してくれと言われ、私は額に汗を浮かべてしまう。駒田さんは大きな瞳で催促をするように、じっと見つめてくる。蛇《へび》に睨まれた蛙《かえる》の気分だ。

「名前はなんていうの？」

「えーっと」

「いくつくらい？」

はっきり言わなきゃいけないのはわかっている。でも、彼氏でもないし、駒田さんと気まずくなりたくない。と、そんなことを思う自分が嫌になる。

「――ねえ！」

苛ついたように大きな声で話しかけられ、ハッと我に返る。

「あ、ごめんなさい……」

「いいけど」

八方美人が一番してはいけないこと。私はふたつのことを天秤《てんびん》にかける。ぐらりと傾いたのはサークル活動ではなくて、オーナーと『小夜時雨』のほうだった。

腹を括《くく》り、駒田さんの顔をまっすぐに見る。そして、思いを言葉にした。

「質問についてだけど――」

「あ、乙ちゃんいた！」

突然私と駒田さんの間に割って入って来たのは諒子ちゃん。私の手を握り、講師が探していたと言う。

「駒田、ごめんね、乙ちゃん講師に呼ばれていて。用事、急ぎ？」

「いや、そうじゃないけど」

「じゃ、連れてくね」

諒子ちゃんは私の手を引き、ぐいぐいと連れ出してくれた。玄関口まで行くと、手を離して振り返った。

「乙ちゃん。駒田になんの用事で絡《から》まれてたの？」

「オーナーと店を紹介してくれって」

「げっ、何それ！」

諒子ちゃんもオーナーを発見して、私に知らせに来てくれたらしい。

「駒田、草食獣《インパラ》を前にした雌《めす》ライオンの顔をしていたから、助けなきゃって思ってね。正解だったわ」

「うん、がっつり首筋噛まれていたから、大助かりだよ」

草食獣な私は駒田さん《ライオン》に追いつめられ、飛びかかってきたところを回避できずにガブリと噛みつかれている状況だった。諒子ちゃんが助けてくれて、本当によかった。

「あれでしょ、サークルが一緒だから、強く拒否できなかった系？」

「うん。私、嫌になるくらい八方美人で」

「いや、私でも言いたくないよ。駒田が『小夜時雨』を知ったら、絶対取り巻き連れて店で大騒ぎしそうだし」

「まあ、それは、うん」

サークル以外で駒田さんと話さない理由はそこにある。彼女は友達がたくさんいて、輪の中心にいるから近づけないのだ。

「私が駒田に言っておくから」

「何を？」

「乙ちゃんとオーナーさんは付き合っているって」

「いやいやいや！」

「付き合っているでしょ」

「付き合っていません！」

「だって、何も思っていない人と夜のグラバー園には行かないよ」

「行くかもしれないじゃん」

「行かないって」

でも、嘘でもいいから、そういう牽制《けんせい》は必要だと諒子ちゃんは言う。

「他の子も、オーナーの話をしているしね。最近、門の近くにカッコイイお兄さんが誰かを待っているって」

「そ、そうなんだ」

「すでにナンパとかされていると思う」

ここは女子大。みんな、素敵な彼氏が欲しいお年頃で、オーナーは最高の物件なのだと諒子ちゃんは言い切った。

「トラにヒョウ、ジャッカルにハイエナ、チーター。多くの肉食獣が存在する女子大《サバンナ》の中で草食獣が生き残るには、賢《かしこ》く生きなきゃいけないの」

「はい」

「勝てる作戦はひとつしかない。それは——全力疾走で逃げきること」

「ですよね……」

しっかりと生き残るようにと、肩を強く叩かれた。

外に出ると雨は止んでいた。今日はお仕事がないパターンか……。

腕時計を見ると、集合時間三分前。このところ毎回こうだと反省しながらオーナーのもとへと急いだけれど、時間ギリギリの到着になった。胸を押さえ、肩で息をしている私に、優しいオーナーは、今日も来たばかりだから気にするなと言ってくれた。そういうさりげない心遣いに、キュンとしてしまうのだ。

「どうした？」

なんでもないと、手をひらひらと動かしながら、適当な話題を振った。

「……雨、止んでしまいましたね」

「ただの夕立だったか」

「ですかー」

ちょっとがっかり。久々に『小夜時雨』に行きたいなと思っていたのに。そんな様子を見たからか、オーナーはある提案をしてくれた。

「また降るかもしれないから、店で待機をしておくか？」

すぐに、もちろんですと返事をする。

『小夜時雨』に到着をすると、本日のお菓子が待っていた。

「これは、『黒おこし』。諫早銘菓だ」

「ほうほう」

黒おこしとは日本三大おこしのひとつといわれる有名なもので、黒砂糖と唐灰汁を使って作られる伝統菓子。

「身を興《おこ》し、名を興し、家興し」のことわざから名付けられた縁起のいいお菓子で、唐灰汁に浸けた白米を乾燥させ、黒糖と水飴で固めたものを黒おこしと呼んでいるとか。いつものように、試食をさせてもらう。

ザクっというしっかりとした食感と、上品な黒糖の甘さがある。唐灰汁の独特な風味はほとんど感じない。日本茶によく合うお菓子だった。

「黒おこしは二百年の歴史がある伝統菓子で――」

かつての諫早は、シュガーロードの宿場町だったらしく、黒おこしもあっという間に周辺地域に広がり、根付いていった。今でも愛されている、伝統菓子なのだ。

「ポルトガルや中国から伝わったお菓子以外にも、長崎独自のお菓子もあるんですね」

シュガーロードに伝わるお菓子はいったいいくつあるのだろうか……。長崎の歴史と文化についてそれなりに食べたり調べたりしているのに、まだまだ情報不足だ。引き続き、研究を進めたいと思っている。

結局この日、雨は降らなかった。

オーナーは明日から一週間東京に行くので、その間『小夜時雨』は店休日となる。

「何か東京で買って来てほしいものはあるか？」

「いえ、オーナーが無事に帰ってくれたら、それで……」

言い終えてから、いったい何を言っているのかと赤面してしまった。こんなの、ちょっと親しいレベルの人にかける言葉ではない。ちらりとオーナーの顔を見ると、なぜかこちらを見ていて、目が合ってしまった。けれど、すぐにふいと逸らされてしまう。

……慣れ慣れしくて、ごめんなさい。心の中で謝罪をした。

月日は巡り、あっという間に十月となる。学園祭の準備やレポートの提出など忙しくしている中で、『Café 小夜時雨』での勤務は癒やしの時間だった。

最近はお客様も増えつつある。飯田さんが、各所で宣伝してくれているからだ。来てくれるのは主に近所の方々で、両親と同世代のお客様と交流も深めている。驚くべきは、彼らの郷土愛だろう。長崎の地を誇りに思い、伝統的な食べ物や風習を大切にする心は見習いたいなと思った。

お店の客数は増え、徐々に賑やかになっていたけれど、オーナーだけは相変わらず無愛想。けれど、仕事がある日は送り迎えしてくれるし、食事にも何度か行った。約束した夜景も見に行って、たっぷり、堪能させてもらう。

諒子ちゃん曰く、これで付き合っていないというのはおかしいとのこと。男性とお付き合いをしたことがないので、その辺は判断しかねる。

お付き合いといえば、オーナーのことを気にしていた駒田さん。あのあとすぐに彼氏ができたようで追及をされることはなかった。ホッとひと安心。でも、反感を買ってしまったからか、あの日から話をしかけてこない。それはまぁ、仕方がないお話で、オーナーと『小夜時雨』に興味をなくしたことへの代償だと思うようにしていた。

今日も一人、開店直後からお客様がご来店。高校生の男の子で、いつも静かに本を読んでいる、大人しい印象の子だ。

その子のことが、最近ちょっと気になっている。というのも、毎回壁に貼ってあるメニューを見て気落ちした様子になり、私がお菓子とお茶を持って行くとさらに落胆するのだ。……いったいなぜ？　オーナーに相談してみたけれど、思春期男子の行動を気にするなと言われてしまったのだ。でも、気になることは気になるんです。かといって、本人に直接聞けるわけもなかったけど。

翌日、雨は降っていなかったけれど、学校帰りに『小夜時雨』に向かった。腕時計を忘れてしまったのだ。勝手口の鍵を預かっているので、いつでも入れるようになっているのだが――。

「あれ？」

閉ざされた門の前に、学ラン姿を発見する。あれは、がっかり屋の常連さん？

私と同じで何か忘れ物だろうか？　声をかけてみる。

「あのー、こんにちは」

ビクリと肩を揺らし、驚いた顔で振り返る常連さん。「どうかしましたか？」と聞いても、答えもせずにペコリと一礼して、その場を去ってしまう。

追い駆ける理由もないので後ろ姿を見送る。いったい何をしに来ていたのか。まさか、前の私みたいに雨の降っていない日に何度も来店しているとかじゃないよね？

これは、今度来店した時にお伝えしないと。

「——あら？」

門の前にメモ紙が落ちていた。書かれてあるのは——『無限、お菓子』とだけ。

……はて、無限のお菓子とは？　謎すぎる。もしかして、さっきの常連さんが落としたのだろうか？

とりあえず腕時計を探しに店内に行くと、不在だと思っていたオーナーが二階から下りてきて——、

「ぎゃあ！」

思わず、悲鳴を上げてしまった。即座に、オーナーからジロリと睨まれる。

「い、いらっしゃったんですね」

「悪いか」

「いいえ」

一応、忘れ物を取りに行く旨をメールで伝えていたけれど、返信がなかったのでい

ないものだと思い込んでいた。

腕時計を回収して帰ろうとした時、ふと、門の所で拾ったメモを思い出す。

オーナーならば、『無限、お菓子』の名前を知っているかもしれない。さっそく質問したけれど——。

「知らん」

「ですよね」

どうしても気になったので、スマホで検索した。

「無限のお菓子、ないですね」

「うちとは関係ないメモかもしれない」

「……ですかね」

拾ったメモはオーナーに預けておく。例の常連さんが来たら、落とし物があるかどうか聞いておくよう、お願いしておいた。

「余計な詮索はするな。忘れろ」

「はい、わかりました」

そう釘を刺されたけれど、気になる——。

オーナーに注意されたので、この件については忘れよう。そう決めたのに、常連さんの気落ちした表情と、落としていったメモの謎が頭の中をぐるぐると回ってしまう。大学でも休憩時間などに、ふと頭をよぎっていくのだ。諒子ちゃんにも心配された。

「乙ちゃん、何を思いつめているの？」

「無限のお菓子について考えているの」

「無限のお菓子——無限に食べられるお菓子ってこと？」

「どうだろう……」

やっぱり『小夜時雨』でのがっかりとした様子とは関係ないことなのか。

「無限ねえ……」

諒子ちゃんはそう呟きながら、手をくるくると動かす。

「——あ！」

諒子ちゃんの指先は、8の字を描いている。そこで、私は気付いた。メモの文字は、無限を表す『∞《むげんだい》』を示していたのだ。

諒子ちゃんを見ながら言う。「謎はすべて解けた」と。

「無限のお菓子があったってこと？」

「あった！　しかも、うちのお店で出していた長崎の伝統菓子」

「何それ？」

「有平糖《あるへいとう》！」

決まった！　と思ったけれど、諒子ちゃんのポカン顔は変わらぬまま。

「何それ？」

残念なことに、諒子ちゃんは有平糖を知らなかった。

有平糖とはポルトガルより伝わった、上砂糖と水飴を煮詰めて練った飴のこと。日本で初めての、キャンディなのだ。

「棒状に伸ばして、千代結びにした飴なんだけど、形が『∞』に似ているの」

「ああ、なんか見たことがある！」

そう。有平糖は長崎の祭事には欠かせないお菓子で、結婚式やお祭りの場などで配られる。名前は知らないけれど、馴染みはあったようだ。

常連さんは、メニューが有平糖ではないのでがっかりしていたのだろうか？　この辺は、本人に直接聞くしかない。

次の日は雨。会えたらいいなと思っていると、学ラン姿の男の子が来店してくれた。

「いらっしゃいませ」

声をかけると、気まずそうに顔を逸らされる。客席へ案内すると、食い入るように半紙に書かれた文字を見る。

『本日の品目　有平糖とレモネード』

オーナーに頼み込んで、用意してもらったのだ。常連さんが来店するかはわからなかったけれど、賭けに出てみた。来てくれたので、ホッとしている。

「本日のメニューは、有平糖とレモネードです」

「アルファロメオ？」

「いえ、アルヘイトウ、です」

ここでオーナーがやって来て、私達のやりとりにつっこみを入れる。

「アルファロメオは車のメーカーだ」

オーナーの両手には、有平糖が載った蔦《つた》模様のお皿と同柄のカップに注がれたレモネードが。

常連さんはいつものように、がっくりと肩を落としてしまった。その様子を見て、オーナーが珍しく声をかける。

「探しているのは、『アルフェロア』じゃないか？」

ハッと顔を上げる常連さん。「そうかもしれん……」と呟いていた。

「オーナー、アルフェロアとは？」

「有平糖の名のもととなったポルトガル語で、『砂糖菓子』という意味だ」

「なるほど」

どうやら、「アルフェロア」を「アルファロメオ」と聞き間違っていたらしい。

「これが──アルフェロア」

常連さんはそう呟き、口に含む。

有平糖は安土桃山時代に伝わった南蛮菓子で、当時は大名へ献上されていた貴重なお菓子だったらしい。普通の飴と違い、砂糖の割合が多いのが特徴だとか。長崎のシュガーロードを象徴するお菓子だろう。

謎は解けたよね？と様子を窺う。

「あの、どうかしましたか？」

「いや……」

カッと、頬を染める常連さん。言いにくいことなのだろうか？

これ以上踏み込めないなと、諦めかけたその時、珍しくオーナーがお菓子以外のことを口にした。

「人に話すことで、解決する場合もある。言ってみろ」

オーナーの上から目線の言葉を受けた彼は、一度閉ざした口を開いてくれた。

なんでも彼は幼いころから喘息《ぜんそく》持ちで、激しい運動もできなかったらしい。そんな状況なのに、郷土研究の資料写真を撮るために、「心臓破りの坂」とも呼ばれているオランダ坂に挑んだのだと言う。

「でも、途中らへんで咳が止まらんくなって――」

坂の途中で蹲《うずくま》っていると、大学生くらいの女性が駆け寄ってくれた。

「そん人は、おいの鞄の中から薬とか出してくれて」

なんでも女性の弟さんが喘息持ちで、対応に慣れていたらしい。それから落ち着くまで、傍にいてくれたんだとか。

「息を整える間、そん人はずっと、前の日に行ったたっていう喫茶店で出されたお菓子の話をしとったとけど」

苦しい中、彼が覚えていたのは「アルファロメオ」という変わった名前で、そのお菓子がとてもおいしかったこと。それから、オランダ坂にある『Café 小夜時雨』で出されているということのみ。

「有平糖の絵もちらっと見せてもらって……。お礼ば言いたかったとに、バスの時間に間に合わんって、走っておらんくなって――」

もう一度会って、お礼を言いたい。その思いで、『小夜時雨』に通っていたと。

「教えてもらったお菓子、調べても出てこんかったし、周囲に聞いても知らんって言うし……。こうなれば、店に行って同じメニューが出るまで通うしかないと思っていたんやけど……」

メニューを頼りに、私達に女性客の詳細を聞くつもりだったらしい。

「ならば、なぜ、すぐ聞かなかった？」

「いや、知らない女性の個人情報を聞くとは、よくなかと思ったけん……」

なるほど。だから、謎が解けても言い淀んでいたと。

一生懸命調査していたけれど、いざ判明しそうになると尻込みする。その辺は、思春期の少年の繊細さなのか。

「まぁ、それもそうだ。だが、お礼を言うだけならば、問題ないだろう」

常連さんはハッとして、縋《すが》るような視線をオーナーに向ける。

それから、改めて質問する。「有平糖をメニューとして出していた日に来ていた客について知りたい」と。「無茶を承知だけど」、と頭を下げられた。

実を言えば、その女性に心当たりがある。たぶん、以前来店してくれた、美大生だ。

「あの、その人なんだけど、たぶん、東京の人だと思うの」

「やっぱり……」

訛《なま》りのない綺麗な標準語だったので、長崎の人ではないとわかっていたらしい。

「まぁでも、オランダ坂にある女子大は県外からも人が来るって、クラスの女子が言いよったから……」

もしかしたら会えるかもしれないと、通い続けていたと続ける。東京からの旅行客だとはっきりわかり、肩を落としている姿を見て、気の毒に思ってしまう。

ここで、オーナーがある提案をした。

「手紙を預かろうか。渡せると確約はできないが」

そう、美大の女性は「いつか必ず再訪します」と言ってくれたのだ。いつになるかわからないけれど、美大の女性が来店したその時に、渡せばいい。

オーナーの提案を聞いて、常連さんの少しだけ表情が和《やわ》らいだ。

「ありがとうございます」とお礼を言い、有平糖を口にする。甘いはずのお菓子を食べたのに、表情はまだ少し苦い……。

たぶん、伝えたかったのは感謝の気持ちだけじゃなかったんだろうな、と。想像してなんだか切なくなる。

でも、私にできることといえば、どうかこの先二人が再会できる日が来ますようにと神に祈るくらいだった。

明後日を学園祭に控えたある日。準備はほぼ終わり、あとは当日を迎えるばかりになった。オーナーにチケットを渡しに行くという口実で、諒子ちゃんと二人、『小夜時雨』に向かう。

一人で会いに行くつもりだったけど、尋常《じんじょう》じゃないくらい緊張している私を心配した諒子ちゃんが付き添ってくれたのだ。

そんなわけで、夕日に照らされるオランダ坂を、二人でお喋りしながら上る。

最近明らかになったのは、『小夜時雨』の二階部分が事務所兼仕事場になっているらしく、オーナーは昼間も洋館にいるということ。メールによれば、今日もせっせとお仕事をしているらしい。

相変わらず、オーナーは謎ばかりで、書道の先生をやっているような気配はなかった。二階ではきちんとお仕事をしているのかもしれないけれど。

「乙ちゃん。向井オーナーってさ、絶対、書道の先生じゃないよね？」

「どうだろう？　教室を開いて一般の人達に教えるだけが書道の先生じゃないから」

「まぁ、そうだけど」

企業とか個人の店から依頼を受けて、文字を書く仕事をしているのかもしれない。

「そこそこ収入がなきゃお店も維持できないと思うし」

「でもさぁ、なんか怪しいじゃん」

「その点は否定できないけれど」

オーナーの言動や行動が怪しいのは今に始まった話ではない。なので、気にしないでおく。

「服とか小物は結構いいものばかりだし、お金を持っていることは確かだよ」

「諒子ちゃんってば、そんなところまで見ていたんだ」

「当たり前じゃん！」

私に悪い虫が付かないよう、用心のための確認だと言ってくれた。

「なんて言えばいいのか……」

「乙ちゃんのことは、就職から結婚まできちんと見届けないといけない気がして」

「諒子ちゃん、お母さんみたい」

「だって、面倒みないと心配で」

どうやらかなり頼りなく見えるらしい。もっとしっかりせねば。

「あ、ありがとう。そういえば、諒子ちゃんはどうなの？」

「何が？」

「彼氏とか」

「いないって」

「そっか」

飯田さんといい雰囲気に見えていたので、もしかして？と思っていた。

正直気になるところだけれど、諒子ちゃんが何も言わないので、追及はしないでおく。そんな話をしているうちに、『Café　小夜時雨』に到着をする。

「あ！」

塀の上で寝そべっているブチ猫のキーを発見。諒子ちゃんに紹介する。

「この子、前に話していた鍵尻尾の猫なんだけど、覚えてる？」

「ブチ猫のキタノだっけ？」

「キタノじゃなくてキーだよ……」

「はいはい、キーね。それにしても、見事な尾曲がり猫だね」

キーの鍵尻尾を覗き込み、感心するように呟いている。

そんなやりとりのあと、衝撃の光景を目《ま》の当たりにする。

なんと、キーが大人しく諒子ちゃんに撫でられていたのだ。

「魔法⁉」

今まで何度も触ろうとして、失敗した話をする。

「乙ちゃん、今までどんな風に触ろうとしていたの？」

「こう、頭をそっと――」

「それ、怖がるから」

猫は頭上から手を伸ばし、額を触ろうとすると、嫌がる子が多いらしい。

「首回りとか、お腹とか、機嫌を見て、そっと触るんだよ」

「なるほど！」

指導を受け、ゆっくりと手を伸ばしてみる。

「おっ！」

なんと！　キーは逃げずに、触らせてくれた。

うーん、モフモフ。

毛並みは最高だった。しっかりと堪能させてもらう。

と、遊んでいる場合ではない。目的を達成しなければ。

諒子ちゃんが『小夜時雨』の閉ざされた戸を叩き、オーナーを呼ぶ。

その間、私はぼんやりと洋館を見上げる。白い壁と青い屋根が夕日に照らされて温かい色味に変わり、夜見るよりも綺麗だ。

そうこうしているうちに、オーナーが扉を開けて顔を出す。寝不足なのか、目が充血していた。中に入るよう勧められたが、諒子ちゃんはさっさと学園祭のチケットを渡して帰ると言う。

「ごめん。私、今からバイトだから、乙ちゃんはごゆっくり」

「あ、私も一緒に――」

諒子ちゃんはスマホで時間を確認すると、「やば！」と言って、オーナーに一礼してから走り出す。私も続こうとしていたら、オーナーに腕を掴まれてしまった。

「このあとの用事は？」

「な、ないです」

そう答えると、グイッと店内に引き込まれてしまった。


オーナー、何やらお疲れのご様子で。それとなーく、軽い調子で聞いてみれば、お仕事が思うように進んでいない模様。私なんかに構っている場合ではないのでは？

「お茶か何か、お淹れいたしましょうか？」

「いい、俺がする」

「わかりました」

前に、コーヒーや紅茶を淹れるのは趣味のようなものだと言っていたので、そのままお任せすることにする。

疲れているオーナーに準備していただくのは、申し訳なさで胸が一杯になるけれど。お手伝いさえ断られてしまったので、手洗いうがいをして、休憩室の椅子に座って待機をさせてもらった。

しばらくして、盆を持ったオーナーが戻って来る。目の前に置かれたのは、温かい緑茶と砂糖がまぶされている白い何か。

「これは――なんでしょう？」

「ザボン漬け」

「……初めて聞きます」

ザボンというのは大きな柑橘《かんきつ》類で、長崎の島原などでも栽培されているものらしい。

「皮を剝いて実を取り出し――」

ザボンの皮はものすごく分厚いとのこと。五センチはあるという。

「実《み》は放置」

「ええ⁉」

「表皮も剝いて白い部分、果皮《かひ》のみを使って作る」

「なんですと‼」

ザボンの皮は何度か湯を替えて丁寧に灰汁抜きをしたあと、シロップの中でじっくり煮込む。くたくたになったザボンにグラニュー糖をまぶし、完成となるらしい。

それにしても、びっくりした。柑橘で作ったお菓子だというので、てっきり実を使っているとばかり。オレンジピールみたいなものなのか？

どうぞと勧められたので、さっそくいただくことにした。

皮を使ったお菓子とはいったいどんな味なんだろう。

「では、おひとつ……」

指先で摘まんで、口の中へと放り込む。

「甘い、ですね」

「しっかり砂糖で煮込んであるからな」

でも、甘みだけじゃなくて、ほのかな酸味と僅かな苦味、それから爽やかな柑橘の香りを感じる。表面はお砂糖がまぶしてあるのでサクサクしているけれど、中はゼリー状になっていて、甘みと香りがじわりと口の中に広がるのだ。

ザボンはポルトガル語の石鹸《ザンボア》の草から名付けられた。当時、ザボンの葉や根を石鹸代わりに使っていたらしい。ザボンは中国より伝わったものだけれど、長崎にはポルトガル人が多く滞在していたので、そう呼ばれるようになったという。

ザボン漬けは長崎の他に、大分や鹿児島など九州の銘菓としても愛されている。最初に伝わったのは鹿児島であるという説もあるらしい。長崎の地に根付くきっかけとなったのは、やはり、砂糖が豊富にあったことと、中国より『蜜漬物』の技法が伝わっていたことが大きな理由だろう。

ポルトガル語から取った名と、中国より伝わったザボンの実と作り方、そして、九州各地で広まった味、まさしく和華蘭文化の集合体ともいえる。

甘いザボン漬けを食べて、緑茶を一口。

「いいですね、ザボンと渋いお茶、相性抜群です！」

ホッとできる、優しい味わいがあった。

ザボン漬けについて話し終えたオーナーは、立ったままこちらをじっと見つめていた。私が椅子を勧めるのもおかしなことなので、そのまま話しかける。

「ごちそうさまでした。とてもおいしかったです」

おいしい緑茶とザボン漬けのお礼に、何かすることがないか聞いてみる。お掃除とか、ゴミ捨てとか、庭の雑草取りとか。

「だったら」

「はい」

キッチンより、ある物体が持ち込まれる。それは――ザボン。

「えっ、これがザボンなんですか⁉」

知り合いの農家さんから貰ったらしい。大きさは赤ちゃんの頭くらい。

「これを、今から剥く」

触れてみると、かなり硬そうだった。

「もしかして、皮剥きの手伝いを？」

「いや、実がもったいないから、全部食え」

「ええっ⁉」

テーブルに並ぶザボンは三つ。

「いやいや、無理ですよ！」

皮は厚いけれど、元々の大きさもあるので、実もそこそこある。それを全部食べろだなんて。

オーナーは私の言い分を無視して、ザボンの解体ショーを始める。ナイフで切り目を何か所も入れて、あとは皮を力技で剥くようだ。

剥き終わったオーナーの額には、汗が浮かんでいた。なんという重労働なのか。恐るべきかザボン。

ひとつ、ザボンの実を味見してみる。甘酸っぱく、一粒一粒がしっかりしていた。

「これは、ジャムにしたらおいしそうです」

「任せる」

そんなわけで、ザボンの実はすべて大量のジャムになったのでした。

ついにやってきました学園祭当日！

一日目の午前中は所属している学科の出し物、地元の農家さんと協力して野菜や加工物を売るお店の売り子を行う。

そして、午後からは着物サークルの出し物、『五島列島カフェ』に行かなければならない。結構ハードなスケジュールだった。オーナーも遊びに来てくれると言っていたけれど、仕事があるので、タイミングはいつになるかわからないとのこと。

気合いを入れて、一日目を乗り越えようと思う。

農家さんとのコラボ店の名前は『じげもん市場・オランダ坂店』というもの。じげもんとは長崎弁で、「地元の人・地元のもの」という意味らしい。地元の人が作った、地元産の食品を売るお店。ぴったりな名前だと思った。

私服の上に各々持って来たエプロンを掛けて売り子をする予定だったけれど、急遽農家の奥様がお揃いの割烹着を持って来てくれたので、それを纏《まと》って販売をすることになった。自分達の母親くらいの奥様方は割烹着を素敵に着こなしていたけれど、女子大生の私達は着慣れていないので、若干の違和感が。でも、そういうのもいい思い出になりそうだった。

漬物の試食がおいしかったからか、野菜は飛ぶように売れた。加工品もすぐに完売状態。バタバタとしているうちに、あっという間に時間が過ぎ去っていった。

お昼を食べてから、着物サークルへ急ぐ。

今日はサークルに所属している子のお母さんが何人か来ていて、着付けを手伝ってくれたので、いつもより素早く着物に着替えることができた。

これで準備は完了。五島列島カフェのキッチンとなっている場所へと急いだ。

店の外に行列が。どうやら繁盛をしているようだった。キッチンは戦場と化している。今はお昼時なので、五島うどんが飛ぶように売れている。カフェなのにうどんって……と思ったが、五島といったらうどんが一番有名。お客様もそれを期待しているだろうと、メニューに取り入れたのは正解だったわけだ。

交代に来ましたと言うと、ガシッと肩を掴まれる。

「乙女ちゃん、助かった……！」

「あ、うん。抹茶も結構注文入る？」

「入るんだな、これが」

「り、了解です」

私の担当は抹茶係。飲み物はコーヒーにジュース、そしてお抹茶。コーヒーにジュースは市販品だけど、抹茶は一回一回点てなければならない。二人体制で行っていたけれど、結構大変だったみたいだ。どうやら食後のデザートに、お菓子と一緒に頼む人が多いらしい。

当然ながらお菓子も、五島の伝統菓子『かんころ餅』と『八匹雷《はっちかんかん》』を出す。

かんころ餅は茹《ゆ》でたサツマイモを干し、蒸した餅米と混ぜて搗《つ》いた食べ物。お米が少なかった時代に、冬の保存食として作られていた家庭料理だとか。八匹雷はきな粉がまぶされたお団子で、厄除けのおまじないとして食べられていたお菓子らしい。味見をさせてもらったけれど、どちらも素朴なおいしさのある伝統菓子だった。しかし、ふと気付くと、相方の駒田さんが見当たらない。交代時間から三十分は過ぎているのに。一人では辛いので早く来てほしい、と思いながら頑張る私。

ここで先輩から驚きの事実を投下される。

「日高さんごめん、駒田さん、手を怪我したんだって」

「あら、そうだったんですか。大丈夫なんですか？」

「あー、うん。包丁で指先切っただけらしいから」

衛生上の問題から、お店には立たないほうがいいと自己判断した連絡が届いたとか。

「ごめんなさいね」

「いいえ、大丈夫です……きっと」

私は遠い目をしながら答える。先輩は午後から自由時間だったみたいだったけれど、抹茶の粉を入れてくれたり、お湯を注いだり、お手伝いをしてくれた。

時刻は十五時半。

お菓子が完売したので、早々にお店を閉めることにした。

皆、満身創痍《まんしんそうい》だった。私も手が限界。片付けがひと段落をすると、部長より駒田さんの最新情報が告げられる。「日高、聞いて！　駒田、下の階段でだべってたって！」

「はあ、左様でございましたか……」

疲れていて気の利いた返事もできない私は、ああ、そうなんだとしか思わなかった。

だが、部長は違ったようで、部室に呼んでくるようにと私に命じてくる。

うわぁ、嫌だなあと思ったけれど、部長の言うことは絶対。了解でありますと敬礼して、一階まで降りていく。駒田さんは――いた！　彼女と同系統の、こう、肉食系な友人に囲まれながら、楽しそうにお喋りをしていたが、私が近づくとシンと静まり返ってしまった。

「えーっと、駒田さん」

肉食集団に草食動物が飛び込めるわけもなく、駒田さんを手招きして呼び寄せる。

「何？」

「部長が部室まで来てほしいって」

「なんで？」

「さ、さぁ？」

たぶん、一度も顔を見せなかったのでお説教だろうけど、この場では言えなかった。

「無理」

「え？」

「だって今、超落ち込んでいるし」

「そ、そうなんだ」

彼氏と別れたんだと、その理由をあっさり教えてくれる。付き合って一ヶ月も経っていなかったような気もするが、はて？

「何、その顔」

「いや、お別れするの、早かったなと」

「だって、別に好きじゃなかったし」

「好きじゃないのに、付き合うんだ」

「そういうもんでしょ」

彼氏がいない状態で告白されたので、流れでお付き合いをすることになったらしい。けれど、付き合っていくうちになんだか違うなと思い始め、昨晩喧嘩別れをしたとか。

「まさか、それで怪我を？」

「怪我？」

「山下先輩から、駒田さんが怪我をしたって聞いて」

「ああ、そういう設定だったね」

「……ん？」

「怪我、嘘だよ」

「そんな！」

店番が面倒だったので、適当な嘘を吐いたと。なんという悪女だと思ってしまった。

「そういえば、日高さんと一緒に抹茶を点てる予定だったたっけ？」

「そうですよ」

「ごめんね！　思えば抹茶点てたの小学生の時以来だから、どっちにしてもできなかったかも」

「おお……」

すごい、脱力。ここまで悪びれなく言われてしまうと、まぁ、怪我をしていなかっただけよかったのかな？

私の心中など知る由《よし》もなく、駒田さんはお喋りを続ける。

「今日はナンパとかされて、結構有意義だったかな。日高さんは？」

「あー、うん。そうだね、いろいろ、楽しかったよ」

私は農家のおじいさんに、「よう働く娘っ子やけん、孫の嫁にしたか」と褒められたよ、というのはあまりにも微妙だろうか。

「あぁ、早く新しい彼氏を作らないと」

「彼氏って、作るものなんだ」

「結婚じゃないんだから、楽しい時間が過ごせたら、それでいいの」

「えっ、そうなの？」

もちろん、好きな人とお付き合いできるのが一番だけど、なかなか両想いの状態まで持っていくのは難しいし、面倒。男女交際はもっと単純で、皆そこまで重く考えていない——と、駒田さんは言う。

目から鱗《うろこ》が零《こぼ》れるようなご意見だった。そのすべてを称賛し、賛同するわけではないけれど。なんだろう、感覚的には異国の文化を初めて知った的な。

すごいな肉食女子。でも、そういうやり方があるのかと感心する。

話が逸れたので、改めて、部長が呼んでいたという旨を伝えた。

任務は果たしたので、帰ろうとしていたら、背後より声をかけられる。

「——乙ちゃん？」

振り返ると、諒子ちゃんと飯田さん、それにオーナー。

約束どおり、遊びに来てくれたんだと嬉しくなる。近くに駆け寄ろうとしたら、駒田さんが背後から私に抱き付き、耳元でとんでもないことを囁く。

「あの眼鏡のお兄さん、やっぱりイケメンだよね。私、今から告白しようかな？」

「え⁉」

眼鏡のお兄さんとは、オーナーのことだろう。まるで面識がないのに、この場で唐突に告白をするというのか。さすが肉食。

駒田さん、恐ろしい子！　――と、戦慄《せんりつ》を覚える。

「いい？」

私は全力で首を横に振る。

「だったら日高さん、先に告白してもいいよ」

「な、なんですと⁉」

「しないんだったら、私が先にする」

ええー、それは嫌だ。

かといって愛の告白など、この場でなくとも恥ずかしくてできない……。でもでも、今言わなければ、駒田さんがオーナーに交際を申し込んでしまう。あんなにモデルみたいな可愛い子に言いよられたら、堅物《かたぶつ》のオーナーだって悪い気もしないだろう。

私は盛大に焦っていた。が――後悔するのは嫌だ。

即座に腹を括《くく》る。私はオーナーのもとへ一歩一歩と歩み寄り、じっと顔を見上げる。

「あ、あの、と、突然なのですが――」

オーナーは目を細め、訝《いぶか》しげな表情で私を見下ろしていた。

怖気《おじけ》づいてはだめだと、自らを奮い立たせ、勇気を出して口を開く。

「向井さん、わ、私と、付き合ってくれませんか？」

オーナーの表情は和らぐことはない。むしろ、眉間の皺を深め、目を細めながら私を見つめていた。その視線に耐えきれず、反射的に大声で謝罪を口にする。

「えっと、突然すみませ――」

「俺でよければ」

「え⁉」

まさかのOKに、ポカンとしてしまう。

飯田さんは陽気に「おめでとうございます‼」と拍手を始め、まさかの祝福ムードに。何かを察した諒子ちゃんは、駒田さんをジロリと睨みつけていた。

呆然としていたら、オーナーは私の手を握り、この場から連れ去ってくれる。無言でズンズンと先を歩くオーナーに、手を引かれていく私。人がいない中庭でようやく、解放される。くるりと振り返ったオーナーは、きつい口調で私を問いただした。

「罰《ばつ》ゲームか何かか？」

怒りを含んだ言葉だった。私は血の気がサアッと引いていき、首を横に振る。

「ち、違うんです、私は――」

――本当に、オーナーのことが大好きなんです。

その一言が、どうしても言えなかった……。

大切にしていたオーナーへの気持ちを、駒田さんに取られたくない一心で、あんな形で告白したことを、今ものすごく後悔しているから。

俯いたままでいると、オーナーが予想外の行動に出た。

私の頭を撫でてくれたのだ。

「お前は悪くない。どうせ、何か唆《そそのか》されて、言わされたんだろう」

違うと言いたかったのに、出てきたのは涙だった。

あまりにも自分が情けなくて、みっともなくて、泣けてきたのだ。

オーナーは私が落ち着くまで、傍にいてくれた。

やっぱり好きだけど、こういう形で気持ちを伝えるのはよくない。

肉食とか、草食とか関係なく、私は私らしい形で告白をしたいと、泣きながら強く思った。

恋のシュガーロード

頬に触れるのは、身を切るような冷たい風――季節はすっかり冬となる。

長崎は雪など滅多に降らないけれど、東京よりも冷えるような気がする。日本海側だからかな？

雨も思ったよりも降らない。天気は曇天《どんてん》が多いけれど、期待の雨粒は降りてこなかった。そんな中、今日は久々の雨だ。

学園祭での気まずい告白から一ヶ月ほど。久々のバイトだった。

でも、合わせる顔がないので、具合が悪いと言ってお休みしたい。

病名は……恋の病？

馬鹿なことを考えるのは止めて、『バイトに行きます』と連絡しようとしていたら、メールが一件届いていた。オーナーからだ。今日は迎えに行けないので、明るいうちに来るようにと書かれてある。

それを読んで、ホッとした。どうやら、今までのように接してくれるようだ。

私の恋心はさておいて、それはとてもありがたいことだった。

大学が終わったのは十六時過ぎ。雨のオランダ坂を上っていると、見たことのある後ろ姿を発見する。あれはもしや――。

「七瀬さんだ！」

小走りであとを追い、声をかける。すると、振り返った七瀬さんは驚いた顔を見せたあと、綺麗な微笑みを浮かべながら私の名前を呼んでくれた。

「あら、日高さん、お久しぶりね。そんなに息を切らして、走って来たの？」

「はい！」

「若いなあー」

「七瀬さんも十分若いですよ」

「嬉しい。アラフォーのおばさんに、そんなことを言ってくれるなんて」

……アラフォー⁉　七瀬さんが？

びっくりしたけれど、声を上げるのを我慢した。七瀬さん、三十歳前後かと思っていたので、かなり驚いた。これが、美魔女という生き物なのか。

「同期からは若造りだって、言われるの」

「いえいえ、そんなことは……ですが、なんと言えばいいものか」

七瀬さんは「ふふふ」と意味ありげな笑みを浮かべ、歩き出す。来るべき将来のために、いつか秘訣《ひけつ》を教えていただきたい。

私達の目的地は一緒だった。もちろん、『Café　小夜時雨《さよしぐれ》』である。

二人で息を切らしながら坂を上り、やっとのことで辿り着いた。

洋館の前に、久々となるあのお方が。

「キーちゃん！」

すっかり『小夜時雨』の看板猫になっているブチ猫のキーが、雨から逃れるために扉の前に鎮座《ちんざ》していた。

「あら、ここの猫なの？」

「いえ、顔馴染みの猫なんです」

そっと近づいて、顎の下を撫でる。キーは気持ちよさそうに、ゴロゴロと鳴いていた。衝撃の出会いから数ヶ月。ついに、私とキーは仲良しになったのだ。

「可愛いわね」

私の猫じゃないけれど、七瀬さんに褒めてもらって嬉しくなる。ついでに、スマホで撮ろうとしたところ、逃げられてしまった。撮影はNGのようだった。

「逃げられちゃったわね」

「はい。あの猫、オーナーにちょっと似ていて、愛想が欠片《かけら》しかないんです」

「あ、わかるかも！」

気を取り直して、玄関前で「ごめんください」と声をかける。すぐに扉が開かれた。

一ヶ月ぶりのオーナーなので、緊張で胸が張り裂けそうだった。きっとオーナーはそうでもないだろうと想定していたが――七瀬さんを見てぎょっとしていた。

「先生、そんなに驚かなくても」

「来るのは明日じゃなかったのか？」

「暇ができたので」

なんだか二人で密な会話をしていて、微妙に居心地悪い。

「それにしても、日高さんが声をかけたら、すぐに出てくるのですね。私が呼んでも、なかなか来ないのに」

「それは――」

七瀬さんみたいな美人に呼ばれたら、迎えに出るのも身支度が必要なのかもしれない。気持ちはよくわかる。

オーナーは困った顔で、突然来られてもとぼやいていた。七瀬さんは笑顔で「いいじゃないですか」と受け流す。

「あの、立ち話もなんなので」

話が盛り上がってきそうだったのでオーナーのお店だけれど、中で休んではいかがですかと提案する。七瀬さんも坂を上ってきて、若干疲れているように見えた。

オーナーは扉を引き、私達を迎え入れてくれた。七瀬さんを客席まで案内する。メニュー表はまだ準備されていなかった。

「オーナー、コーヒーか何か、淹れましょうか？」

「いや、いい。ここにいろ」

「わかりました」

バイトに来たのにお客様扱いなのはいたたまれないけど、お言葉に甘えて座らせてもらった。

「日高さん、大学は楽しい？」

「はい、とても！」

「いいわねえー」

七瀬さんはさぞかし華々しいキャンパスライフを送っていたのかと思いきや、本に夢中で、学生らしい青春は何もなかったと話す。

「昔から本が好きすぎて、親からは病気なんだって言われていたの」

本好きが高じて、出版者の編集さんになったのだから、好きの力は偉大だなと思う。

「一途な思いは素晴らしいと思います」

「ありがとう」

七瀬さんは毎日キラキラしている。夢を叶えるって、素敵なことなんだなと思った。

「原稿もね、いち早く見たいと思って、作家の家まで押しかけて、取りに行くの」

「昔の編集さんみたいですね」

「そう。それにちょっと憧れていたのかも」

よく、昭和の小説とかアニメとかで、編集さんが作家さんの家で原稿を待っているという状況が描かれているのを見たことがあった。

「七瀬さんの担当作家さんが、長崎にいらっしゃるのですね」

「ええ、まぁ、ね」

話の途中で、オーナーが飲み物を持って来た。盆の上には甘い香りを漂わせるホットチョコレート。オーナーは丁寧な動作で、私の前に置いてくれた。

「わぁ、ありがとうございます！」

七瀬さんにはコーヒーが出される。サービスを終えても、オーナーはなぜか席に着かずにこちらを見下ろしている。

石榴《ざくろ》柄のカップを両手で持つと、雨で冷えた指先がじんわりと温かくなる。ふんわりと湯気が立つホットチョコレートを、ふうふうと冷ましてから一口。甘くて、ホッとするような優しい味がした。

七瀬さんは砂糖も何も入れないまま、コーヒーを飲んでいる。優雅な手つきでソーサーにカップを置く仕草に見惚《みと》れていたら、突然話しかけられた。

「そうだ、日高さん、『探偵・中島薫子』シリーズの新作読んだ？」

「もちろんです！」

今月の初めに発売された、『探偵・中島薫子』シリーズの最新刊。最近筆が乗っているのか刊行点数が増えて、ファンとしては嬉しい限り。当然ながら、書店で予約をして、届いたその日に読んでしまった。

「どうだった？」

「もう、最高に面白かったです！　ラストの夜景のシーンがすごくロマンチックで」

「東雲先生、実際に見に行ったそうよ」

「へえ、そうなのですね。物語も書きつつ、臨場感を出すために取材もして、作家さんって大変ですよね」

「え、ええ……」

私があまりにも興奮して話すものだから、七瀬さんに笑われてしまった。なぜかオーナーが咳払いをすると、「日高さん、ごめんなさいね」と謝ってくる。とんでもないと、首を横に振ることになった。

「そうだ、今日はいいものを持って来たの」

オーナーにではなく、私への『いいもの』だと言う。いったいなんだろう？　渡された茶色い包みはずっしりと重量があり、形からもハードカバーの本だとわかる。

ドキリと胸が高鳴った。

「こ、これは――！」

包みの中に入っていたのは、月末に発売される予定の、東雲先生の最新刊⁉

「他の人には内緒ね。まだ、関係者にしか出回っていないの」

とても楽しみにしていた本を、いち早く手にしているなんて――。

「そ、そんな、私が手にしていいものでは……」

「いいの。日高さんなら、あなたは東雲先生の歴代担当者の中では有名人だから」

「え……、それは、どうしてでしょう？」

「十年もファンレターを送ってくれる人なんて、なかなかいないのよ」

「あ、そ、そういえば」

東雲先生の本が出るたびに、私は感想を書いた手紙を送っていた。まさか、編集さんに存在が把握《はあく》されているとは。

「だから、その本はお礼なの」

「あ、ありがとうございます。すごく光栄で、とても嬉しいです」

私は本をぎゅっと抱きしめる。なんだか泣きそうになってしまった。

「本当は、サイン本を渡そうって話もあったらしいんだけど、東雲先生が恥ずかしがられてね」

「いえいえ、そんな……！」

「先生も、きっと感謝をしていると思うの」

「私なんて、たくさんいるファンの一人ですし」

「そうだけど、やっぱり昔からのファンは特別だと思うわ」

「恐縮です」

「向井先生も、そう思いますよね？」

と、七瀬さんは急に蚊帳《かや》の外にいたオーナーに話を振った。返事がないので、私もオーナーに視線を移す。

頬がやけに赤い気がしたのだ。

「あれ、オーナー？」

「大丈夫ですか？　顔色が」

「なんでもない」

「ですが」

「なんでもないと言っている！」

肩をグイッと押され、接近を拒否されてしまった。若干ショックを受ける。なぜか七瀬さんが慌てながら、間に割って入った。

「ごめんなさい！　私がからかったから」

どうやら二人にしかわからない冗談を言っていたっぽい……。疎外《そがい》感を覚えてしまい、自然と肩が落ちてしまう。

　その後、言葉が少なくなった私を見て、七瀬さんは申し訳なさそうに「ホテルに戻るわね」と言って早々に帰ってしまう。オーナーと二人きりになり、余計に気まずくなる。気を取り直して、使った食器類を洗っていると、雨はいつの間にか止んでいた。ネットで情報を調べると、今夜はもう降らないことが判明する。

「えーっと、そういうわけなので、私も帰ろうかなーっと」

オーナーに一礼をし、踵を返したが、すぐに腕を掴まれてしまった。

「送る」

「いえ、悪いです。オーナー、顔色もよくないですし」

「気にするな」

　ここまで言われてしまっては、断ることもできない。

　まだ暗くなっていないのに、オーナーは七瀬さんではなく、私を家まで送ってくれると言った。それが、逆になんだかなという感じだ。私のことを何も思っていないのに、優しくされるのは辛い……。

　雨に濡れた長崎の坂道をオーナーの車で下りながら、そんなことを考えていた。

今日も雨。『Café 小夜時雨』は、人通りがほとんどないオランダ坂の片隅で、ひっそりと開店する。

本日のお客様は常連の山下ご夫妻。不愛想なオーナーも、山下さんご夫妻が来ると珍しく客席に出てきて、会話を楽しんでいる。ひと段落したところで、オーナーが注文の品を用意するためにキッチンへと行くと、山下さんの旦那さんが「あんひとは本物のじげもんやけん」と言うのを耳にする。

じげもん――学園祭の時に知った長崎の言葉で、「地元の人」という意味。

長崎弁はあいかわらずほとんどわからなくて、山下さんの喋ることも聞き返してしまう時がある。そういう時は奥さんが標準語に言い直してくれるのでありがたい。

諒子ちゃんのたまに出る長崎弁も相変わらず。突然「ばりやぜか！」と叫んだ時は、「おっとそれはどういう意味ですか？」と訊ねてしまった。「ばり」はとてもとかすごくという意味で、「やぜか」は面倒くさいとか、鬱陶《うっとう》しいとかいう意味の方言だとか。

「すごく面倒くさい、という意味ですね」と言うと、通訳するなと怒られてしまった。

長崎弁は地方によっても違うようで、喋っただけで出身がわかるとか。興味深い文化だなと思う。

そろそろ準備ができているころだろうと思い、私もキッチンへと向かう。

『本日の品目　堂留多《タルタ》にほうじ茶』

堂留多とは、カステラにジャムを塗って巻かれたお菓子。ポルトガル語でケーキを意味する「タルト」が語源だ。

オーナーの知り合いの菓子職人が作ったお菓子は今日も完成度が高く、おいしそう。

「タルトといえば、餡の入ったものは知っています。四国のお土産ですよね？」

オーナーはコクリと頷く。

「長崎探題職と藩主を兼任していた松平定行《まつだいらさだゆき》が四国に伝え、のちに愛媛県松山市の銘菓となったらしい」

カステラ生地で餡を巻いたタルトは、松山の地で考案したものだとか。その当時の贅《ぜい》を尽くしたこのお菓子はしばらく外に出ることはなかったが、明治時代に街の菓子職人へと伝えられ、松山市の銘菓になったらしい。

シュガーロードはさまざまな地域に繋がっていたようだ。

山下ご夫婦に堂留多を紹介する。すると、新婚旅行が松山だったらしく、懐かしいと言って喜んでくれた。仲睦《なかむつ》まじく、思い出話に花を咲かせる二人――理想の夫婦像がそこにはあった。

山下さん夫婦を見送りに出てみると、雨が止んでいた。雲もなくなっているため、

『小夜時雨』は閉店となった。

時刻は二十時前。いつもより早い店じまいとなる。店内の掃除をして、部屋の灯りを消して回った。エプロンを取り、畳んで鞄に入れる。帰る支度は十秒で完了。オーナーは今日も家まで送ってくれると言う。

車の助手席に座り、ふと、疑問に思ったことを口にしてみた。

「オーナー、毎回毎回、私を送っていくのやぜかじゃないですか？」

「……やぜくない」

そう言って、私のおでこを指先で突いてきた。「やぜか」は小学生から高校生くらいの若者が使う方言らしい。どこで覚えてきたのだと、怒られてしまった。

注意されてガーンとなりつつも、スキンシップは嬉しい。複雑な乙女心だった。

ニマニマとしている間に、オーナーの車はマンションまでの経路から逸れていた。

ちらりとオーナーの顔を窺うと、無言で頷く。

これは、あれだ。また、どこかへと連れて行ってくれるパターンだ。辿り着いた先はお洒落な喫茶店。手捏《てご》ねのハンバーグとキッシュが有名らしい。どちらにしようか悩んでいたら、ハンバーグのセットを頼んで、キッシュは単品で食べるといいとオーナーが勧めてくれた。

「うわー、そんなにたくさん――」

「食べられるだろう？」

「……ハイ」

育ち盛りだということにしておいた。

「そういえば、山下さんの旦那さんが、オーナーは正真正銘の地元の人ですねと言っていました」

「生まれも育ちも長崎だから当たり前だろう」

「でも、あまり訛ってないですよね」

「大学の時から数年、東京にいたから、その時に切り替えられるようになった」

「なるほど」

ついでに日々の生活で気になっていた方言について話してみた。

「そういえば、方言でわからない言葉があったんですよ」

「なんだ？」

密かに、オーナーがよく使う方言リストを作成していたのだ。それをもとに、友達に聞いたりネットで調べたりした独自の調査結果を発表する。

「オーナーの使用頻度第三位――」

「……」

「『なおす』です」

ものを片付ける時に使用する方言だが、関東では「修理」の言葉として使う。最初、カップを手渡され、「なおせ」と言われた時はどうしようか迷った。

「……どうしてその場で聞かない」

「怒っているように見えたので」

バイトに来た当初は、目が悪いオーナーが瞼を眇める様子を、怒っていると勘違いしていたのだ。

「ですが、その場の雰囲気で食器棚に収納する意味だとわかり、なおしました」

次なる順位を発表する。

「使用頻度二位『はわく』です」

「箒ではわけ」と言われ、困惑。けれど、箒ですることは床を掃くことくらい。スマホで調べたら、掃くことをはわくというのだと発覚。

「頑張ってはわきました」

使用頻度、堂々の第一位は「ぬくめる」。ミルクをぬくめる、スープをぬくめる、カップをぬくめる。オーナーの独り言でよく登場する言葉だった。行動を観察していると、ミルクをレンジで温めたり、スープを火にかけたり、カップをお湯に注いだり。共通点は温めるということだった。翌日、友達に聞いたら大正解だった。

「今度から、ぬくめるのは任せてください」

「お前は……」

どや顔で以上ですと言えば、「その場で聞け！」と再度怒られしまった。

そんな話をしていると、料理が運ばれる。デミグラスソースのハンバーグは、肉汁がじゅわっと溢れ、ふんわりジューシーで、レストランで出しているような本格的なハンバーグだった。キッシュは野菜たっぷりで、根菜類《こんさい》がホクホクでおいしい。一切れで大満足。料理はどれもおいしくって、幸せな気分になった。

食後のコーヒーを飲みながらふと思う。これってデートだよね？と。

だけど、すぐに頭の中で否定した。オーナーのことだから、私のことを食べ歩き仲間に思っている可能性がある。

変に期待してしまうのもアレなので、念のため追及してみた。

「オーナー」

「なんだ？」

「オーナーのご趣味は食べ歩きですか？」

「なんでそうなる？」

「いえ、いろいろと食べ物に詳しいですし、こうしておいしいお店に連れて行ってくれるので」

「一人では行かない。……誰かを連れても、行かない」

「七瀬さんも？」

「どうして七瀬さんが出てくる」

「えーっと、仲がよろしいように見えたので」

「普通だろう」

「普通ですか」

なんだろうか。七瀬さんに対する淡泊な反応。山下さんご夫婦の話をしている時は優しい表情を見せていたのに、今はなんの感情も見せていなかった。照れ隠し、にも見えない。もしかして、オーナーの好きな人は別のようこさん？　ああ、気になる。

「どうかしたのか？」

「あ、えっと……」

先ほどから質問ばかりしていた。これ以上聞くのはあまりよくないことだと思う。

会話が途切れたので、オーナーは席を立つ。一人になった私は、物思いに耽《ふけ》った。

オーナーは誰でも食事に誘っているわけでもないし、好きな相手は七瀬さんではない。これだけわかれば豊作だろう。

でも、勇気を出してここから一歩踏み出さないと、ずっと私達は従業員と雇い主という関係だ。

駒田さんが言っていた、お付き合いは重たく考えなくてもいいという言葉が頭を過った。ぼんやりしていたら、席を外していたオーナーがそろそろ帰ると言ってくる。どうやら会計をしに行っていたらしい。

慌ててお金を出そうとしたけれど、今日も受け取ってくれない。給料から天引きでとお願いすると、わかったと返事をしてくれるのだが、一度もそうなっていたことはない。今回も、たぶん引いてくれないだろう。本当に申し訳なさすぎる。

車に乗り、夜の街を走っていく。あっという間にマンションまで到着してしまった。

「あ、あの、今日はありがとうございい、ました」

いろいろ考えたあとだったからか、言い方がぎこちなくなった。しっかりしろ、私！

「楽しかったか？」

「はい！」

元気いっぱいな返事が面白かったのか、オーナーは淡く微笑んで去っていく。

しかし、食事に行ったり、夜景の綺麗な場所に連れて行ってくれたりと、バイトの私になぜここまでしてくれるのか。他の人とは行ってないみたいだし、これ以上特別扱いをされたら、勘違いしてしまう。やっぱり、理由を聞きたい。

そのためには、きちんと気持ちを伝える必要があると思った。

私はついに、告白する決心を固めた。

けれど、タイミングは今日じゃない。準備が必要なのだ――。

オーナーとは雨の夜、オランダ坂で迷子になったのがきっかけで知り合った。

そこで思いがけず長崎の砂糖文化に出会い、興味を持つようになる。

魅《み》せられたのはそれだけではない。

長崎の異国情緒溢れる街並みに、不思議な響きの方言、優しい長崎の人達。

それから、マニアレベルで南蛮菓子や長崎の歴史に詳しく、不愛想だけど優しい向井オーナー。

私の気持ちを全部お菓子に込めて、贈ろうと思う。

長崎といえばカステラだ。長崎人にとってカステラは自分で買って食べるものではないので、特別な贈答品なのだと聞いたことがあるし、と気合いを入れて作ったけれど、完成したカステラはボソボソしていてまったくおいしくない。日にちを置いたらしっとりするかもと思ったけれど、味わいや食感は変わらず。

今後のためにと、諒子ちゃんにも味見をしてもらった。

「普通においしいけれど」

「普通じゃだめなの！」

「そういうの、相手を思って作るとかの、気持ちが大切だと思うけどね」

だって、オーナーはおいしいお菓子をたくさん食べていて、舌も肥《こ》えているだろう。そんな相手に、中途半端なお菓子を渡すわけにはいかない。

「もっと、練習しなきゃ」

「乙ちゃん、素人が菓子職人のカステラに勝てるわけないから」

「そうだけど――」

駒田さんが通りかかったので、カステラを味見してもらう。

「ちょうどお腹空いてたんだー」

ニコニコしながら食べてくれた。けれど、表情はだんだんと真顔になっていく。

「どう？」

「可もなく、不可もなくって感じ。強《し》いていえば普通」

「そっか……」

オーナーへ贈る予定のお菓子だと言うと、このレベルだったらあげないほうがいいんじゃないかと、厳《きび》しめのご意見をいただいた。

「私だったら、お店で買ったお菓子を手作りしたようにラッピングして渡すけれど」

「そんな裏テクニックが！」

いや、感心している場合じゃない……。頭を抱えていると、駒田さんが助言をしてくれた。

「そんなに不味かったら、ラスクにして味を誤魔化したら？」

駒田さんの助言が天啓に聞こえた。ラスク——その手があった！　私のボソボソで微妙なカステラも、おいしくなるかもしれない。

「駒田さん、ありがとう！」

お礼を言い、さっそくラスクの作り方を調べた。レシピを検索していると、味を付けてから焼くラスクを発見。

そのアイデアを採用し、生姜風味のカステララスクを渡すことにした。

味見をしてみたけれど、サクサクな軽い口当たりをしていて、卵の風味がふわりと香り、生姜のピリッとした味わいもいい感じ。これならば、オーナーにも喜んでもらえるだろう。

完成したラスクは、箱に詰めて綺麗にラッピングした。

これで大丈夫。上手くいくと、自らを奮い立たせる。

明日の天気は雨。予報はチェック済みだったのだ。

緊張の夜。閉店後に、オーナーに話があると時間を作ってもらった。

「改まってなんだ」と、訝しげな視線を向けてくるが、ここでひるんではいけない。

こんなに緊張しながら告白するのは人生の中でそう何度もないだろう。砕け散っても、仕方がない。初恋なんて、叶うことのほうが少ないといわれているのだから。

ドクドクと激しい鼓動を打つ胸を押さえた。

私は勇気を出し、カステララスクを差し出しながら告白する。

「――私、オーナーのことが好きです！」

ついに、言えた……！

心臓がありえないくらい、激しい鼓動を立てている。顔どころか、全身が羞恥で火照っている。

オーナーは、とても驚いた顔をしていた。

当然だろう。いきなり告白をされたのだから。視線に耐えきれず、顔を伏せた。

二回目なので、かなり気まずい。それに信じてもらえないかもと、不安になる。

でも、その分しっかりと伝えなければならなかったのだ。

沈黙の時間が続くと、後悔がどっと押し寄せる。もっと、別のタイミングがあったのではとも思った。

そもそも、よく考えると、お堅いオーナーが好きでもない人とお付き合いなんかするわけないのだ。駒田さんの言っていたことは、たぶんすべての男性には当てはまらない。いまさら気付くなんて、遅すぎる……。

いや、やっぱり告白してよかった。この先もずっと不安定な感情に振り回されるのなんて、まっぴらだ。ここできっぱりと振られて、また新しい気持ちで出発をしたい。

でもできれば、お仕事は続けたいな。私は、長崎のおいしいお菓子に素敵な洋館、楽しくも愉快なお客様がいて、オーナーがいる『Café 小夜時雨』が大好きだから。

決意を新たにして、顔を上げる。すると、驚きから困惑へと表情を変えたオーナーと視線が交わった。

――ああ、これはだめなんだな。

そう思うと、複雑な感情がじわじわと押し寄せる。片思いは、お菓子のように甘いだけではない。ほろ苦くもあるんだ。

オーナーも、そんな思いを長い間「ようこさん」へ募《つの》らせていたのだろうか……。

思い返すと、最初からこの恋は成就することは不可能だったのだ。そう考えれば、少しだけ楽になれる。

覚悟はできた。さくっと振ってください。

そんな言葉を心の中で思い浮かべながらオーナーを見た――が、オーナーはカステラスクを受け取り、包みを開けながらポツリと呟く。

「お前は……」

「はい」

「どうして、今言う？」

「す、すみませんでした」

確かに、告白するような場所やタイミングじゃなかった。けれど、続いた言葉を聞いて、意味を勘違いしていたことに気付く。

「待っていたのに」

「はい？」

「二十歳になったらと……」

「えっと、あの？」

んん？　これは、どういう話の流れなのか？　告白で混乱した頭では、理解が追いつかない。オーナーは話を続ける。

「……ずっと、好意は感じていた」

「あ、はは、隠しきれて、いなかったのですね」

常日頃から心の中で叫んでいた「オーナー大好き！」は本人にも伝わっていた模様。なんてこった。頬に手を当て、熱を冷まそうとしたけれど、指先も火照っていてまったく意味がない。

「……こちらも、好意を示しているつもりだった」

「何も思っていない相手を食事に誘ったり、遊びに行ったり、触れたりしないだろう」

「え⁉」

「あ、はい、そう、ですね」

わざわざ告白して交際を始めるのなんて日本くらいだと、唐突にグローバルな話を始めるオーナー。言葉にしなくとも、思いは通じ合っているという認識だったらしい。

オーナーはだんだんと、早口でまくしたてるように話し出す。もしかして、焦っているのだろうか。私の告白が動揺させた？　まったくらしくない。

顔を覗き込んだら、オーナーは左手で目元を隠し、はぁとため息。軽くに首を振ってから話を続ける。

「だが、きちんと言葉にして、関係を明確化させることも大事だとわかっていた」

「そのタイミングは、私が二十歳になってからだったと」

渋面を浮かべ、しばらく間をおいたのちにオーナーは頷いた。ちなみに、オーナーは二十八歳だと言っていた。

社会人と大学生のカップルなんて珍しくないと思ったけれど、オーナー的には未成年者という響きがなんとも微妙に感じ、私が成人したタイミングで正式に申し込もうと考えていたらしい。それまでの間に、私の気持ちが別の人に移ってしまったら、諦めよう。そう決めていたのだとか。

「すみません、ご配慮に気付かず……」

「まったくだ」

「本当に、申し訳ないです」

自分の鈍《にぶ》さが恨めしくなる。

「私、オーナーはずっと七瀬さんが好きだと思い込んでいて……」

「どうしてそうなる」

「前に見せていただいたメルアドに、yohkoとあったので」

「それは――違う。七瀬さんに会う前からそのアドレスだった。そもそも、好《す》いた女の名をアドレスに使うように見えるか？」

「……いいえ、見えません」

言われてみれば、オーナーが初めて彼氏ができた女子高生のような、浮ついたことをするとは思えない。こんな単純なことにも、どうして気付かなかったのだと、頭を抱える。あのアドレスの意味は、今度教えるとオーナーは言っていた。

シンと静まり返る店内。重ねて謝れば、はぁとため息を吐かれてしまう。

でも、私は本当に嬉しくて仕方がない。

けれど、私のどこに好きになってもらう要素はあったのかと、首を傾げる。すると、オーナーは静かに語り出す。それは『小夜時雨』を始めるきっかけから始まった。

「昔から、夜の雨がどうしても嫌いだった」

ぎゅっと押さえるのは、いつもの腕の位置。

「激しく雨が降る夜だった……」

家族で外食に出かけた帰り道、飲酒運転の車と正面衝突をしてしまい、車は大破。後部座席でシートベルトを装着していたオーナーは運良く助かったけれど、他のご家族は——。

ぎゅっと、震える唇を噛みしめる。無理に聞かなくて、本当によかった。軽い気持ちで触れてよい問題ではなかったのだ。

オーナーは助かったと言っても、大怪我だったらしい。退院後も、何年かリハビリを続けていたとか。辛い日々だったと話す。

「怪我は完治しても、後遺症がきつくなって——」

十数年経った今も、気圧の変化で古傷が痛むらしい。雨の晩は仕事も手につかず、眠れなくなって、本当にどうしようもなかったと語る。

友人に相談してみたところ、雨の日に特別なことをすればいいのではと提案されたらしい。一人で鬱々《うつうつ》としているよりは、有意義な時間を過ごせるだろうと。

「そこで、雨の日の夜に限定して、喫茶店を開けばいいのではと——」

このままではいけない、変わりたいと思っていたオーナーの行動は素早かった。「調理師免許」は持っていたので、「防火管理者」などの必要な資格を取り、知人の伝手《つて》で中古の洋館をリノベーションしたという。

事故のトラウマから長年避けていた、車の免許もその時に取得したらしい。

「開店準備は、そこそこ楽しかった。長崎伝統の食べ物を出す店と決めてから、いろいろ歴史を調べたり——」

約二年の準備期間を経てオープンした『Café　小夜時雨』だったが、いっさい告知などをせず、看板なども出さなかったため当然ながらお客様は来なかった。

「客は来なくても、自分のこだわりが詰まった店にいれば、雨の晩の憂鬱な気分も少しはマシになった。『小夜時雨』を始めたことは、間違っていないと思っていたが——ある日、初めての客がやって来た」

オーナーは伏せていた目を、私に向ける。

「もしかして、それは私でしょうか？」

頷くオーナー。

「どうして、メニューの価格を決めていなかったのですか？」

「利益については考えていなかった。雨の晩に、気を紛らわすことが目的だったから」

「なるほど」

お金で買うことができないものとは、オーナーが雨の夜に憂鬱にならない環境だったのだ。この店の変なルールの出どころなど、いくら考えてもわからないわけだ。

「今までたくさんの人に助けてもらったが、人に手を差し伸べる立場になったことがなかった。変わりたいと思っていたから、らしくないことをした」

そう思い、バイト探しに困っていた私を助けてくれたと。

「いつ、好きになったのかといえば、初対面の時ではないことは確かだ」

「でしょうね……」

一目惚れをしていただけるような容姿ではないことは、重々承知をしていた。

オーナーは私の贈ったお菓子を見下ろし、ふっと笑う。

「な、何か？」

「いや、また生姜のお菓子だろうなと思って」

生姜のお菓子や飲み物を持って行っていたのは一ヶ月に一度あるかないかの頻度だったけれど、やっぱり不審な行動に見えていたらしい。

生姜の効能をオーナーは呟く。鎮痛、血行促進、中枢《ちゅうすう》神経の興奮を鎮《しず》めるなど。

「傷のこと、気付いていたのだろう？」

「う……それは、はい」

「ありがとう」

『小夜時雨』を始めてからは以前よりは大分《だいぶ》マシになっていたものの、それでも雨の日は傷が疼《うず》いていたらしい。

「でも、だんだんと痛まなくなり、今はまったく。お前のおかげだろう」

「そんなことは」

「あるんだ。不思議なことに」

古傷が痛む最大の理由は、精神的なものが原因だったとか。なんと言えばいいのか。でも、よくなったというのならば、万々歳だろう。

オーナーが私のほうへと手を伸ばして頬に触れると思いきや、ぷにっと摘まれる。

「なにするんですか？」と抗議したけれど、頬を引かれているので上手く喋れなかった。

軽く摘まれていた指が、ぱっと手放される。

オーナーは私を見て、淡く微笑んだ。今まで見たことがなかった穏やかな笑みに、胸がドキリと高鳴った。

「いつの間にか、雨の晩が憂鬱ではなくなっていた。お前が、来てくれたから。――明るくて、無邪気で、一生懸命。こちらが用意したお菓子をおいしそうに食べたり、目を輝かせていて新しい知識を得ようとする姿を見ているうちに……」

そして、オーナーは言う。

「好きだと、思うようになった」

その瞬間、私の目から、大粒の涙が滲み出る。

信じられなくて、夢かと思って、パチパチと瞬きをすれば、眦《まなじり》に浮かんでいた涙は頬を伝って流れていく。

止まらない涙に戸惑いながらも、オーナーの言葉がただただ嬉しくて、頷くことしかできない。

そんな情けない私を、オーナーは優しく見守ってくれた。

ありがたすぎて、また涙が……。

いろいろあったけれど、勇気を出して気持ちを伝えることができた。しかも、奇跡的に両想いだった。こんなに嬉しいことはないだろう。

しばらく経って、落ち着きを取り戻した私は、「これからもよろしくお願いします」と言い、深々と頭を下げたのだった。

「なんか、やっとかーって感じだよね」

オーナーと両想いになれたことを、一番喜んでくれたのは諒子ちゃん。ハラハラしながら見守ってくれていたので、きちんと報告した。

「残念、狙っていたのにー」

いつの間に来ていたのか、私の隣に座って会話に加わるイマドキ女子、駒田さん。

先週末はどんなことをしていたのかと聞かれ、佐賀の大きな稲荷神社に行ったと答えると、信じられないという目で見られた。

「もっと、あるでしょう？　高級レストランに行ったとか、ブランドのバッグを買ってもらったとか」

「それは、ないかな」

「嘘！　社会人の男と付き合っているのに？」

「いや、付き合ってないんだけど」

と言ったら、「信じられない！」と叫ぶ駒田さん。

そう、私とオーナーは、結局恋人同士にはなっていない。でも、幸せだし楽しいからいいのだ。

「え、ちょっと意味がわからない。両想いなのに、付き合わないって……なんで？」

「お付き合いは二十歳になってから、なんだとか」

「え、なんなの、その男……。昭和時代の人間？」

そんなコメントをする駒田さんに、諒子ちゃんが不機嫌そうな顔で言い切る。

「乙ちゃんの彼氏は乙ちゃんを大切にしているの。とっかえひっかえ男を替えている駒田にはわからないことだろうけれど！」

「そうなの？」

「絶対にそう！」

「でもーデートに神社とか、じじくさい」

「あ、神社に行きたいって言ったの私なんだけど」

オーナーの名誉のため、一応訂正しておく。佐賀にある稲荷神社は日本三大稲荷のひとつと言われていて、ずっと気になっていたのだ。

「あ、そうなんだ。ふうん、変なの」

駒田さんの発言を聞いた諒子ちゃんが突然バンと机を叩く。そして、叫んだ。

「あー、駒田、いっちょん好《す》かんー!!」

「どこが？」

「全部！」

「え、酷い」

「酷いのは駒田のほう。もう、あっちに行って！　私達は住む世界が違うから！」

住む世界が違う。確かに、それは思う。

イケイケな恋をする駒田さんと、亀の歩みの私とは、まるで感覚が違っている。幸せのベクトルも、大きく異なっているのではと思った。

それに、肉食獣と草食獣では価値観もかけ離れているのだろう。けれど、駒田さんの恋愛観を聞いたおかげで、私は一歩踏み出すことができたのだ。そこには感謝だ。

そんなわけで、私達の関係は今までと変わらず。

本気でオーナーは、私が二十歳になるまで待ってくれるらしい。

誕生日を迎えしだい交際を申し込むので「その時まで好きだったら、付き合ってくれ」と言っていた。あと一年ちょっと、お預けというわけだ。

しかし、オーナーはなぜそこまで未成年であることを気にするのか。質問してみると「三十前の男が、十代の女性に交際を申し込む。御両親はどう思うだろうか？」と真剣な表情で、諭すように言ってきたのだ。

まさか、親の話まで持ち出されるとは。でも、そこまで考えてくれるなんて、とても嬉しいことだろう。なので、大人しく待っておこうかなと、思っていたり。

でも、隙あらば手くらい握ってもいいよね？　両想いなんだし！


冬に降る雨粒は鋭く尖《とが》ったように冷たくて、突き刺さるよう。

けれど、今はそんな雨も嬉しく思う。『Café　小夜時雨《さよしぐれ》』の営業日だからだ。

夕方、オーナーは大学までいつものように迎えに来てくれた。彼氏がいる友達は、雨の日は相合《あいあ》い傘ができるからいいよねと言うけど、私とオーナーは各々《おのおの》傘をさして坂を下る。相合い傘は片方の肩が濡れてしまうのはどうかと思われる。それに、恥ずかしすぎるからだ。友達の前ではこんな空気が読めない発言はできないけど。

『小夜時雨』に辿り着くとオーナーと二人、開店前のミーティングを行う。

今日のメニューはすでに『本日の品目　金銭餅《きんせんびん》、珈琲』と半紙に書かれていた。相変わらず、惚れ惚れしてしまうような達筆だ。

机の上に置かれた金銭餅を見る。一口大で、胡麻がまぶされていた。

「お金の形をしたお餅ですか」

「金を模していることは正解だが、餅ではない」

「え？」

オーナーは金銭餅をひとつ摘まみ、私の口の中へと放り込む。

「――んん？」

餅じゃないという言葉のとおり、食感はモチッではなくサクッだった。これは――クッキー！　金銭餅とは、胡麻の香ばしい風味が効いた焼き菓子だった。

「これは、中国古来の貨幣を模した菓子で、三千年前、中国の皇帝へ献上されていたものでもある」

「ほうほう」

この地に伝わったのは四百年前――戦国時代くらいだとか。

「あとは、『おくんち』でも有名だな」

「おくんち？」

「おくんち」とは、長崎の氏神《うじがみ》「お諏訪様《すわさま》」の祭礼行事で、和華蘭の要素が混ざったお祭りらしい。

まず、日本古来の文化である神輿《みこし》を担《かつ》いで回る『コッコデショ』。座布団を重ねた神輿を三十六人で担ぎ、四人の子どもを乗せて運ぶ。一番の見せ場は、担ぎ手達が神輿を宙に投げる瞬間だとか。

中国伝来のものは『龍踊《じゃ》り』。龍と書いて「じゃ」と呼ぶのは、獅子《しし》のたてがみ、馬の耳、狼の目に鹿の角、鷲《わし》の手足が合わさった架空の生き物。元々は中国で雨乞《あまご》いの儀式を行うために始めたものだと言われている。

最後に、オランダなどの南蛮貿易の象徴たる出し物、長崎に辿り着いたオランダ人のコミカルな様子を再現した『阿蘭陀万歳』。それから、豊臣秀吉から朱印状を受け、ベトナムとの間で貿易をした様子を表現する『御朱印船』など、さまざまな演《だ》し物が奉納される。

ちなみに金銭餅は、名前のとおり縁起のいいお菓子で、「おくんち」の日にはおひねりの中身として選ばれているらしい。

「長崎歴史ファンにはたまらない催しですね！　楽しみです。で、いつなんですか？」

私の質問に対し、さっと目を逸らすオーナー。視線の先に回り込んで、もう一度同じ質問をする。すると、驚きの事実が判明した。

「次は、約一年後だ」

「――え？」

「おくんちの開催は、十月上旬の三日間、だったような」

今は十一月。なんでも学園祭の準備などで忙しそうだったので、誘わなかったとのこと。ショックすぎて、膝から崩れ落ちてしまう。

「夕方のニュースでも、特集をやっていただろう」

「ニュースは朝見る派なんです。たいてい、夕方は勉強しています」

「なるほどな」

そう呟き、蹲《うずくま》っている私の頭をオーナーはポンポンと叩く。

「来年連れて行ってやるから」

その一言で、私は奇跡の復活を果たしたのだった。


お掃除を終え、十八時前に開店となった。営業中の木札をかけて数分後に、お客様が来店する。

「いらっしゃいませ！」

「どうも、こんばんは」

やって来たのは飯田さん。「今日も雨にやられてしまいましたよー」と、疲れた様子で話す。オーナーも客席で飯田さんを出迎えた。

「ほう、金銭餅ですか。いい響きの名前ですね」

「はい。縁起のいいお菓子だそうで」

「どんなお餅なんでしょうか？」

「それは――お楽しみに！」

さっそく、オーナーの淹れてくれたコーヒーと共に、金銭餅を持って行った。飯田さんは「いただきます」と言い、パクリと一口で食べてしまう。想定外の口当たりだったからか、軽く噎《む》せていた。

「だ、大丈夫ですか？」

「はい、平気です。餅ではなくて、クッキーだったのですね」

「すみません、先に言えばよかったですね」

「いいえ、意外性があって面白いです」

飯田さんも食べてからのお楽しみが好きな人なので、つい言わずにいたら大変なことになった。オーナーがやって来て、中国の餅についての説明をしてくれた。

「そもそも、日本と中国では餅の認識が違う」

日本の餅は餅米を蒸し、搗いたものだけど、中国の餅は小麦粉から作られた品全般を示すらしい。そういえば、中華菓子の月餅《げっぺい》とかもお餅ではない。

「月餅、営業先のお客様の家でいただいたことがあります。確かに、あれも小麦菓子でした。向井オーナーのお話は、勉強になります」

うんうんと、私も同意してしまった。飯田さんはこれから飲み会があるらしい。時間潰しにやって来たようだ。疲れた顔をしていたけれど、大丈夫なのか。

「お仕事、忙しいのですか？」

「ありがたいことに。ここでの息抜きだけが癒やしです」

　本日のお菓子もおいしかったと言ってくれた。

「では、また」

「はい、またのご来店をお待ちしております」

　外に出て、オーナーと共に飯田さんを見送る。飯田さんは手を大きく振って、オランダ坂を下っていった。雨はいつの間にか止んでいたので、営業中の札を回収する。

　テーブルの上には飯田さんがくれたお菓子が残されていた。出張のお土産を、わざわざ買ってきてくれたのだ。渋い柄の包装紙をじっと見ていたら、オーナーが突然取り上げる。

「おそらく、佐賀の羊羹《ようかん》だろう」

　包装紙を見ただけで中身がわかる模様。さすが、お菓子博士！

「食べたいのか？」

「はい」

　そう答えると、眉間に皺を寄せるオーナー。食い意地が張っていると思われたのだろうか。恥ずかしくなる。

「何を照れている？」

「いえ、食いしん坊だと思われたのかなって」

「違う」

はて、違うとは？　首を傾げていたら、オーナーがズンズンとこちらへ迫って来た。顔が怖かったので、ジリジリと後退。腕を伸ばしてきたので、寸前で避けた。

危ない！　頬を摘まみ、太っていないかのチェックをする気だろう。オーナーとの食べ歩きのおかげで、最近また体重が増えていたのだ。肉を掴ませるわけにはいかないと、必死になって逃げる。

そんな私をオーナーは呆れたように見てから、飯田さんのお土産を手に、部屋を出ようとする。

「これは持って行く」

「そんな！　飯田さん、二人で仲良く食べてくださいねって、言っていたのに。佐賀の羊羹、おいしいって有名なんですよ。シュガーロード縁《ゆかり》の伝統菓子で、歴史があって……一切れ……いや、半切れでもいいです、あの、その、食べたい！」

私の必死すぎる主張は届かず、オーナーは歩みを止めなかった。それにしても、様子がおかしい。疑問を投げかけてみる。

「あ、あの、いったいなぜ……？」

「他の男が持って……菓子を食べるのはだめだ……」

「え⁉」

よく聞こえず、なんですか？　と聞き返そうとしたその時、軽快に駆けてくる足音が聞こえる。室内で小走りするような人は、お客様の中にはいない、はず。オーナーは私を背に隠すようにして、やって来た人物と対峙《たいじ》した。

「――東雲先生、おめでとうございます！　『探偵・中島薫子』シリーズ、一作目のドラマ化決定です‼」

現れたのは七瀬さんだった。ホッとしたのと同時に、疑問符《ハテナ》が頭の上に浮かぶ。

東雲先生とは？

「それと、シリーズ全巻大重版で――あら、先生、嬉しくないのですか？」

私がひょっこりとオーナーの背から顔を覗かせれば、「あ！」と驚き、口元を隠す七瀬さん。

えーっと、これは、どういうことかな？

七瀬さんははっきりと、オーナーのことを「東雲先生」と呼んだ。

どういうことなのだろうか？　頭の中の理解が追いつかない。

七瀬さんはしまった！という表情で私とオーナーを交互に見ていた。

「先生、すみません。お一人だとばかり……」

「酷い不注意だ」

「日高さん、小柄だから先生の背後にいたら、すっぽり隠れてしまうのですね」

オーナーは深いため息を吐く。

「話があるから、そこに座れ」

そう言って、オーナーは椅子を指し示した。斜め前には申し訳なさそうな顔で座る七瀬さん。目の前には渋面《じゅうめん》のオーナーという配置の中、驚きの事実が告げられる。

「ずっと黙っていたが、本業は——小説家だ。著者名を、言ったほうがいいのか？」

「いえ……」

思い返せばヒントはいろんな場所に転がっていた。本業用の名刺をくれなかったこと、出版社の編集さんである七瀬さんが頻繁に『Café　小夜時雨』に来ていたこと、資料用の割烹着に、書道家にしては活動をしているところを見たことがなかったなどなど。今までの謎が、ひとつに繋がる。

「そ、そんな、小説みたいな偶然って……」

「あるから困る」

だって、信じられない。小学生のころからファンだった小説家の先生が、今目の前にいるだなんて。

オーナーは懐から四角い革張りのケースを出し、中に入っていた名刺を差し出した。

名刺には「作家　東雲洋子」と書かれている。そして、下部には以前見た、「yohko」の名前が入ったメルアドが！

「ええー、うわっ、もう……」

頭の中が真っ白になる。私は何度も東雲先生本人の前で、好きなところなどを語り倒していたことになるのだから。

でもでも、その話を無表情で聞き続けるオーナーもどうかと思います！

「お前はまったく気付かなかった」

「う……はい」

七瀬さんも、オーナーは正真正銘、東雲洋子で間違いないと断言する。発売前の本を贈ってくれた彼女にそう言われたら、信じるしかない。謎が多い人だと思っていたけれど、まさか小説家で、東雲洋子先生だったなんて……。

「うっすら気付いているくらいには思っていたが」

「すみません、まったく気付いていませんでした」

「お前は探偵の助手《ワトスン》にはなれない」

「おっしゃるとおりで」

自分でも、鈍感にもほどがあると思った。

「でも、どうして書道家だと誤魔化したのですか？」

「ずっと読んでいた本の作者が女性ではなく、男だと知れば夢が壊れると思った」

「いやいや、そんなことは。でも、なぜ、女性の著者名を？」

「作風が女性受けしそうなので、男性名で出すよりは女性名で出したほうがいいと、初代の編集が提案してきたから」

私が大好きなデビュー作は、病院で働く栄養士さんの奮闘記。働く女性を魅力的に描いた物語だった。当時高校生だったオーナーは、編集さんのアドバイスに従い、東雲洋子の名で本を出版することになったのだとか。

オーナーは原稿を取ってくると七瀬さんに言って二階へ。取り残された私は呆然とすることになった。

「日高さん、ごめんなさいね。突然こんなこと言っても、信じられないかもしれないけれど……」

「ええ、びっくりといいますか、いまだに半信半疑です」

「私も最初に会った時は驚いたんだけどね」

「七瀬さんも女性だと思っていたと？」

「ええ。東雲先生は出版社の親睦《しんぼくかい》会などにも出席されないし、業界の中で男性だと知っているのはごく僅かなの」